女生徒

[日本] 太宰治 著
だざい おさむ
竺祖慈 译

译林出版社

图书在版编目（CIP）数据

女生徒 /（日）太宰治著 ; 竺祖慈译. -- 南京 : 译林出版社, 2025. 5. --（太宰治精选集）. -- ISBN 978-7-5753-0577-8

Ⅰ. I313.45

中国国家版本馆CIP数据核字第2025W8V396号

女生徒 ［日本］太宰治 / 著 竺祖慈 / 译

责任编辑 张紫毫
装帧设计 侯海屏
校　　对 戴小娥 孙玉兰
责任印制 颜　亮

出版发行 译林出版社
地　　址 南京市湖南路 1 号 A 楼
邮　　箱 yilin@yilin.com
网　　址 www.yilin.com
市场热线 025-86633278
排　　版 南京展望文化发展有限公司
印　　刷 南京新世纪联盟印务有限公司
开　　本 787 毫米 ×1092 毫米 1/32
印　　张 8.25
插　　页 2
版　　次 2025 年 5 月第 1 版
印　　次 2025 年 5 月第 1 次印刷
书　　号 ISBN 978-7-5753-0577-8
定　　价 39.80 元

目录

卷一　女性之歌 001

女生徒 003

皮肤与心 043

蛐蛐 065

千代女 081

羞耻 097

等待 109

雪夜的故事 115

卷二　向着光明 123

富岳百景 125

黄金风景 149

新树的话 157

兄长　179
东京八景　191

卷三　人间清醒　219
奔跑吧，梅勒斯　221
古典风　237

译后记　255

卷一

女性之歌

女生徒

早晨睁眼时的感觉很有趣，就像捉迷藏时悄悄地蹲在壁橱的黑暗中，突然被家里的小淘气打开橱门，阳光猛地射进，小淘气大叫一声“找到了”。先是觉得晃眼，然后是尴尬，然后心怦怦直跳，合拢衣服胸襟，羞赧地走出壁橱，接着就是恼羞成怒……那种感觉——不对，不是那种感觉，而是一种更严重的焦躁，有点像这种感觉：打开一个盒子，里面还有个小盒子，打开这个小盒子，里面有个更小的盒子，打开它，又有个小盒子，打开这个小盒子，里面还有盒子……就这样接连打开七八个盒子，最后终于出现一个骰子似的小盒子，打开一看，里面啥都没有，空空如也。所谓“一睁开眼”，其实是骗人的。初醒时应该是一片混沌，其间淀粉缓缓下沉，上层渐渐澄清，然后才倦倦地睁开眼睛。早晨是一种无精打采，胸中涌起很多悲哀，让人不堪，令我讨厌、讨厌。早晨的我最为丑陋，两腿疲软，什么事都不想做。难道是因为睡得不熟？所谓“早晨是健康的”纯属扯淡。早晨是灰色的，永远永远都是这样，最是虚无。在早晨的床上，我总是厌世派，心中不快，各种丑陋的后悔一时堵塞胸口，让我坐立不安。

早晨是不怀好意的。

“爸爸！”我试着轻轻叫了一声，然后带着一种羞涩和愉快的心情起身，快速地叠被。捧起被子时为发力而叫了一声号子“哎唷嚯”，随即一怔。过去我从没想到自己会是一个口出号子之类粗俗语言的女子。“哎唷嚯”之类好像是老太婆的吆喝声，令人讨厌，我又为何会出此声呢？我的身体某处好像藏着一个老太婆，想到这，我就心情恶劣。以后应该注意了。此时我的心情，就像自己在模仿粗人走路时突然意识到自己也是一样的步态，十分沮丧。

早晨从来都没有自信。我穿着睡衣坐在镜前。不戴眼镜看镜子时，自己的面孔有点朦胧而又显得沉稳。自己的脸上最讨厌的是眼镜，但眼镜也有不为他人所知的好处。我喜欢摘下眼镜看远方，整体朦胧而好看，就像西洋镜一样梦幻，看不到一点污秽，只有那些大的东西，只有那些鲜明、强烈的色与光进入眼帘。我也喜欢摘了眼镜看人，对方的脸都显得和善，笑容可掬。而且摘去眼镜时，决不会想去与人吵闹，连粗话都不想说，只想默默发呆。想到这时的我大概也会显得与人为善，我就会变得平静，想要撒撒娇，内心也变得非常柔和。

但我还是讨厌眼镜。戴上眼镜就失去了脸的感觉。浪漫、美感、激情、软弱、天真、哀愁，所有这些由脸而生的情绪，全被眼镜隔断，而所谓“眉目传情”则会沦为笑谈。

眼镜是怪物。

许是由于自己从来就讨厌自己的眼镜，所以觉得眼睛长得美是最好的事。哪怕没有鼻子没有嘴，只要眼睛被别人一看就觉得自愧不如，那也是好的。我的眼睛除了长得大之外别无优点。如果定睛看着自己的眼睛，就会觉得失望。连母亲也说我的眼睛“没意思”，大概是指这样的眼睛没有光彩吧。想到自己的眼睛像蜂窝煤，我就失望，因此而严重失望。每当顾镜自盼，我就一心一意地希望自己的眼睛变得滋润有韵，就像湛蓝的湖水，就像躺在绿色草原上仰望天空，天上的流云和飞鸟清晰地映入眼帘。我希望多多遇到眼睛长得好看的人。

今天开始进入五月。想到这，我的心情稍稍轻松起来，毕竟是高兴的，觉得已经离夏天不远了。走到庭院，目光停留在草莓花上。父亲的死对我来说变得不可思议。人死了，没了，实在是一件难以理解的事。难以释怀。姐姐、相别的人、久违了的人们，全都让我想念。早晨时分，特别容易让人想起过去的人和事，贴得那么近，带着一种腌萝卜干的气味，真叫人受不了。

杰皮和小可（这是一只可怜相的小狗，所以取名“小可”）相偕奔了过来。两只狗并排在我面前，只有杰皮能受青睐。杰皮一身光亮好看的白毛，小可则是脏兮兮的。我清楚地知道：自己只要一逗弄杰皮，小可就哭丧着脸。我也知道小可是只残疾犬，可怜而不讨喜。正因为它一副让人难以忍受的可怜相，我就故意作弄它。小可看似一只野狗，所以不知哪天就会落入打狗队手中，它的腿又不好，想逃大概也是来不及的。小可，你还是早点跑到山里去吧，谁都不会喜欢你，早点死了也罢。不仅对小可是这样，我对人也会做出一些不好的事来。我给别人带去麻烦，我刺激别人，是个真正讨厌的孩子。我坐在檐廊抚弄着杰皮的头，望着满目绿叶，心情变得荒凉，真想一屁股坐到泥地上去。

我想哭。我觉得自己如果深深憋口气，让眼睛充血，也许就会有点眼泪出来。我试了一下，却没成功。我也许已经成了一个没有眼泪的女人。

我打消念头，开始打扫房间，一边突然唱起了《唐人阿吉[1]》。我觉得自己好像打量了一下周围。有趣的是，自己平时本应热衷于莫扎特、巴赫什么的，这时竟会无意识地唱起了《唐人阿吉》。捧被褥时吆喝一声“哎唷嚯”，打扫房间时又唱起《唐人阿吉》，如此看来，自己也是没救了。以此状态，睡着时还不知会说出怎样粗俗的梦话来呢，真叫人不安。不过，随即又觉得有点滑稽，我停下手中的扫帚，独自发笑。

我穿着昨天刚做好的新内衣，胸口处绣着小小的白色蔷薇花。穿上外衣后，就看不见这刺绣了。谁也不会知道，我挺

1　唐人阿吉（1841—1890）：日本幕府维新时期的妇人，本名斋藤吉。因被迫做了美国外交官哈里斯的小妾而被世人冷眼相待，被谑称为“唐人阿吉”。——编者注（本书注释如无特别说明，均为编者注）

得意。

母亲为了别人的亲事而忙活，一大早就出门了。我自小就习惯于母亲的热心助人，却又实在惊讶于她的始终如一。我佩服她。父亲平时过于用功，于是母亲就成为他的补充。父亲基本远离社交之类，母亲周围却总能集拢一批志同道合者。他俩性格各异，却似乎相互尊重，也许甚至可以说这是一对无可挑剔、美好和谐的夫妇吧。啊，自负了，自负了。

在等待酱汤温热的时候，我坐在厨房门口，怔怔地看着前面的杂木林。这时，我觉得似乎自己曾经或者将会这样坐在厨房门口，以同样的姿势，想着完全一样的事情，望着前面的杂木林。我觉得自己的感觉怪怪的，似乎一瞬间同时感受到过去、现在和将来。经常会有这样的情况：我和别人坐在屋里说话，目光游离到桌子的一角后突然停住不动，只有嘴还在动。这种时候，我会产生一种奇怪的错觉，坚信自己曾经在什么时候也是处于同样的状态，谈过同样的事情，同样看着桌子的边角，而且今后自己也会遇到和现在完全一样的场景。无论走在多远的乡间野道，我总觉得自己曾经来过这里。如果顺手摘下道旁的豆叶，也会觉得自己曾在这条道的这个地方摘过这片豆叶，并且相信自己今后还会一次次地走在这条道上，摘下这里的豆叶。还会有这样的情况：有一次在泡澡时突然看自己的手，于是觉得若干年后洗澡时，我一定还会想起现在无缘无故地看手以及看手时的忽有所思。想到这，心情就会变得灰暗。

还有一次在某个傍晚，我往饭桶里装饭的时候，突然感觉什么东西在我身体里一闪而过，若说是灵感未免有点夸张，我倒是想将其称为“哲学的尾巴”，我被这东西魅住，头脑和心灵的每一个角落都变得透明。那东西静默无声，带着凉粉被挤出筛子时的那种柔软，越过一个个浪间，美美地、轻轻地落在我的生命之路上。这种时候并无哲学的感觉，倒有一种偷嘴猫蹑手蹑脚的预感，与其说是好事，莫若说是一种恐惧。如果那种感觉永远地持续下去，人不就神灵附体，成为基督了吗？可是，女基督什么的，真令人作呕。

说到底，还是因为我无所事事，因为我不曾经受生活的劳苦，所以无法处理每日成百上千所见所闻的感受，稍不经意，那些感受就会幻化成各种各样的嘴脸，接二连三地出现在我面前吧。

我独自在餐厅吃饭。今年第一次吃黄瓜，从黄瓜的翠绿感受到夏天的来临。五月黄瓜的青涩具有一种令人又疼又痒的感伤，令人心中忽地被掏空。独自在餐厅吃饭时就特别想去旅行，想乘火车。读报时看到近卫先生的照片。近卫是个好男人吗？我不喜欢这样的长相，他的额头长得不好。我最喜欢报纸上的书籍广告，大概是因为一字一行都要收取一两百日元的广告费，所以为了一字一句都能收到最大效果，每则广告都像是绞尽脑汁挤出的名篇。如此惜字如金的文章世上少有，读了舒畅、痛快。

吃完饭锁门上学。虽觉得不会下雨，但妈妈昨天给了我一把好伞，我无论如何也想带走。我带上了这东西。这把伞是从前母亲在少女时代用过的，我为自己发现这把伞的意义而有点自得。我想拿着这伞走在巴黎的老城区。现在这场战争结束之后，这种具有梦意的古风阳伞定会流行。这伞与bonnet风格的帽子一定很相配。身穿粉色长裾低胸连衣裙，手戴黑绢蕾丝手套，在大宽檐上插一朵美丽的紫花地丁，于这深绿季节在巴黎的餐厅吃午饭，面带愁容，轻托下巴，望着街上的人流。这时，有人轻轻叩了一下我的肩膀，突然响起《玫瑰华尔兹》的音乐……荒唐，荒唐。现实只有这一把破旧古怪的长柄雨伞，我只是个悲惨可怜的卖火柴的小女孩。怎么样？还是去拔草吧。

出门前我拔了一点门前的草，作为为母亲做的一点义务劳动。今天也许会有什么好事。同样是草，为什么也各有不同，有的我想拔掉，有的却想把它悄悄留下。讨喜和不讨喜的草，外表毫无差异，却有的令人怜爱，有的令人生厌，为何如此泾渭分明？其实没什么道理可说，女人的好恶本就缺乏理性。完成了十分钟的义务劳动，我赶去停车场。经过田间小路时，我突然想要画画。途中经过神社的森林小路，这是我自己发现的一条近道。走在森林小路上时我突然往下看，发现东一片西一片地长着二寸长的小麦。看到这青青的麦子，我就知道今年部队又来过这里。去年就有很多当兵的带着马来过，在这神社森林中休整后又离开。过了一段时间经过这里一看，麦子就像今天这样长得很快，但是这些麦子不会继续发育了。今年这些从部队马饲料桶里漏撒的小麦又是发芽后长成纤细的株秆，可是这森林是如此昏暗，全无阳光照进，它们也只能长到这个程度就可怜地死去。

穿过神社的森林小路，我在车站附近与四五个工人走到一起，他们一如往常，向我吐露讨厌得难以启齿的话语。我不知所措，想超过这些工人，赶紧走到他们前面，但这样就必须从他们中间挤挤挨挨地穿过。我嘀咕了一声“可怕”，默默地停了下来。如果要让这些工人走到前面，一直等到他们与我拉开距离，这更加需要勇气，因为这很失礼，也许会激怒这些工人。我浑身发燥，哭丧着脸。我为自己这副样子感到害臊，便对着这些人摆开笑脸，慢慢地走在他们后面。当时虽然没再发生什么，但那种窝囊的感觉直到乘上轻轨列车后仍未消失。我希望自己能尽早变得坚强、果断，对这些无谓小事淡然处之。

轻轨列车近门处有空位，我把自己的随身物品放在上面，理了一下裙褶，正准备坐下，一个戴眼镜的男人小心翼翼地挪开我的东西，在那座位上坐下。

“嗯……这是我发现的位子。”

听我这么一说，那男人苦笑了一下，若无其事地看起报纸。细想一下，确实不知是谁皮厚，也许皮厚的正是我呢。

无奈，我把伞和其他东西放上网架，手抓吊环，想要像平时一样看杂志，可是一只手翻着书页时，脑子里却在想着奇奇怪怪的事。

设若从此不让我读书，没有经验的我，怕是要哭鼻子的——我就是如此依赖书上所写的东西。读一本书时，我会立刻沉溺其中，信赖它，被它同化，与它共鸣，并且试图把它和生活联系到一起。如果再读另一本书，又立刻会转向这另一本书，得出另一个结果。盗用别人的东西，改造成自己的东西，这种才能、这种狡猾是我唯一的特技。其实我讨厌这种狡猾和骗术。一个人如果每天重复遭到失败，蒙受耻辱，也许就会多少变得诚实一些。但即便是这样的失败，好像也能被强词夺理地粉饰一番，编出一套像模像样的理论，得意扬扬地演成一出苦肉戏来。

（这番话也在哪本书上读到过。）

我实在不知道哪个是真实的自己。如果无书可读，找不到任何可以模仿的样本，我到底会怎么样呢？也许我会手足无措、畏畏缩缩、涕泗横流了吧。我不能总这样每天净在列车上胡思乱想吧。身上留着讨厌的温吞劲儿，让人难以忍受。我想要做点什么，想点什么办法，可是怎么才能抓住自己的要害呢？我觉得之前的自我批判都毫无意义。想要批判时，刚找到自己的缺点和弱点，立即又会迁就自己，自我安慰，得出不能杀鸡取卵之类的结论，因此起不到任何批判的作用，倒不如什么都不去考虑更符合自己的良心。

这本杂志上也有一个标题叫“年轻女子的缺点”，由各色人等撰文。读着读着，觉得像是在说我的事，让我不好意思。这些作者若以身份区分，那些平时会被认为愚蠢的人，说的话也确实让人觉得愚蠢；那些照片上显得仪表堂堂的人，遣词造句也都十分漂亮。我为此感到好玩，常常边读边笑。宗教家直接捧出信仰，教育家始终不离“恩”字，政治家拿出汉诗，作家的辞藻则是华丽做作，一个个都自命不凡。

不过，他们写的都是一些确凿无疑的事实。他们说年轻女性无个性、无深意，远离正确的愿望和野心，也就是无理想。即使有批判，也无直接联系自己生活的积极性，没有反省，没有真正的自觉、自爱、自重。即使是具有勇气的行动，也难说是否能对其所有结果负责。她们虽能顺应和机巧地处理自己周围的生活方式，但对自己和周围的生活方式都不具有正确的强烈的感情，不具有真正意义的谦逊，缺乏独创性，只剩下模仿，欠缺人类本来的“爱”的感觉，看似高雅，其实没有气质……此外还写了很多。我读了很受震动，也绝对不能否定这些观点。

可是，这里所写的话语，让人觉得有点乐观，与这些作者平时的心情有些距离，似乎是为写而写，虽然写了许多“真正意义的”“本来的”之类的形容词，却没让人清楚地明白什么是“真正的”爱，什么是“真正的”自觉。也许他们自己知道，既然如此，他们若能更加具体地提供一句话，告诉我们是该向左或是向右，提供一句权威性的指示，那该是多么难能可贵呀。正因为我们这些人迷失了爱的表现方向，如果他们不是只说这也不行那也不行，而是强有力地告诉我们应该怎么去做，我们一定会照着去做的。难道是因为谁都没有自信吗？也许在这里发表意见的这些人也并非在任何时候任何场合都会持有这种意见的。我们被他们斥责为没有正确的希望和正确的野心，但我们若因此而去追求正确的理想并付诸行动，他们又能在多大程度上给予我们守护和指导呢？

我们都了解自己应该前往的最好的地方，自己想去的美好的地方，可以得到自我发展的地方，尽管这种了解尚较朦胧。我们都希望拥有好的生活。这就是正确的希望和野心。我们也切盼自己具有可靠的不可动摇的信念。但是作为女孩子，若要把所有这些都体现在女孩子的生活方面，需做出何等的努力，何况还要顾及父母兄姐们的想法（虽在嘴上说他们陈旧，却绝不意味着蔑视这些人生的前辈、老人、已婚者，相反，倒是始终把他们置于比较重要的地位）；还有始终在生活上与自己有关系的亲戚以及熟人和朋友；此外还有所谓的“社会”，它始终以强大的力量推动着我们。只要想到、看到、考虑到所有这些，发展自我个性又从何谈起。也罢，还是不显山不露水，默默地走多数普通人所走的那条路吧，我甚至不能不认为这才是最讨巧的做法。若要把少数人所受的教育施于全体，结果想必会很糟糕。随着自己的长大，我渐渐懂得了学校的修身与社会上的规矩有着巨大的差别，如果恪守学校的修身，就会被看作傻瓜和怪人，不能出人头地，还要永守贫困。难道真有不说谎话的人吗？如果有，那人定是永远的失败者。我的近亲中有个行为端正、信念坚定、追求理想并将其当作自己唯一生活意义的人，可是亲戚们都说他的坏话，把他当傻瓜。即便是我，也无法做到明知会被当作傻瓜，成为失败者，却还要伸张自己的想法，乃至与母亲及所有的人作对，因为我害怕。小时候，当我的想法与别人不一样时，我会问母亲："为什么？"母亲便用一句话把我打发，然后还会生气地说我不好，显得很难过。我也会对父亲说，他这时只会笑而不答，事后对母亲说我是个"偏离中心的孩子"。渐渐长大后，我变得谨小慎微，做一件衣服都得考虑别人的想法。我私下其实喜欢有个性的东西，希望能按自己的喜好去做，但又害怕将其当作自己的东西去体现。我总是希望做个被别人夸奖的姑娘。在众人面前，我是何等委屈自己，嘴里说的净是一些并不想说的违心话，只是因为觉得这样才是上策。我讨厌这样，希望道德能够早日一变，若能改变，我就不必如此委屈，每日过着不为自己却为别人的想法而行的窝囊生活了吧。

啊，那边有空位子了。我急忙从网架上取下伞和其他东西，匆匆挤进去坐。座位右边是个初中生，左边是个穿着无领棉大衣、背着孩子的大妈。大妈化着与年龄不相称的浓妆，梳着流行的发型。她的长相不错，颈项处却堆起黑色的皱纹，显得粗俗讨厌，令人有揍她一顿的冲动。人站着时与坐着时想的事情截然不同。一坐下来，想的净是一些不靠谱、没劲的事情。我对面座位上呆呆地坐着四五个年龄相仿的职员，三十岁上下，都不招人喜欢，目光浑浊，全无霸气。不过若我现在对他们当中的某一个人笑笑，只要这么一下，也许就会身不由己地陷入定要嫁给他的境地。只要一个微笑，就足以让女人决定自己的命运。可怕，不可思议，我得小心。今天早上脑子里净是些怪念头。从两三天前开始，来我们家打理庭院的花匠的面孔就在我眼前忽隐忽现，搅得我心神不宁。那是位货真价实的花匠，可是那张脸却实在不像，夸张点说，那是一张思想家的脸。因为皮黑，反倒显得规整；浓眉秀目，狮子般的鼻子与黝黑的肤色相称，显示坚强的意志；唇形也很漂亮；耳朵不太干净；唯有双手倒是回归花匠本色，但那张深遮在黑色呢帽下的面孔，又让人觉得长在花匠身上太可惜了。我曾多次向母亲打听，他是否一直是做花匠的，结果被母亲一顿斥骂。我今天包东西的这块包袱布，正好就是花匠刚来的那天母亲送我的。那天轮到我家大扫除，厨房清洁工和榻榻米店的人都过来了，母亲也在整理衣橱里的东西，发现这块包袱布，送给了我。这是一块漂亮的包袱布，很适合女人用。因其漂亮，扎起来就可惜了。我坐在车上，把它放在膝上，不时地瞥一眼，摸一下，希望车上的人都能看到，可是谁都不看。要是有人稍微注意一下这块可爱的包袱布，那么让我嫁给他都没问题。想到“本能”

这个词，我就想哭。我以自己平时的种种经历，越来越了解本能的巨大，知道本能是一种不以人的意志而动摇的力量，这时我觉得自己简直要发疯，茫然无措。权且不说本能是好是坏，只知道它奇大无比，从头到脚覆盖我的全身，随心所欲地支配着我。我既为自己被它支配而满足，又以一种悲伤的心情旁观着自己的满足。我为何不能只让自己满足，为何不能一生只爱自己？我不堪眼看本能侵蚀自己以往的感情和理性，哪怕稍有一点忘却自我，事后我都会觉得失落；当知道各种各样的自我都无不明显地有本能在起作用时，我急得要哭，想要呼唤父母，但那所谓的真实，也许正意外地存在于我自己所厌恶之处，这越发令我难以忍受。

御茶水站到了。我一站到月台，便觉心境豁然，刚才经过的一切，即使努力回忆，也全然不再浮现。我焦急地考虑后续，却大脑空空。当时应该有过让我怦然心动的事情，同样也该有过令我痛苦羞耻的事情，可是一旦过去，就全如烟消云散。被称为“现在”的瞬间真有意思，我正想用指头按住“现在”时，“现在”却已远走高飞，新的“现在”又到了。一步一步地登上天桥时，我觉得自己真傻，不知道在瞎想些啥。我也许是过于幸福了。

今天早上的小杉老师真漂亮，和我的包袱布一样漂亮，与美丽的绿色相得益彰，胸前大红的康乃馨也很醒目。倘若没有“做”的成分，我会更加更加喜欢这位老师。她过于故作姿态，显得矫揉造作，那样岂不太累？性格也令人捉摸不透，有许多让人摸不着头脑的地方。明明是内向的性格，却让人看出某种故作开朗之处。但不管怎么说，她还是一个有魅力的女人，放在学校教师的位子上实在可惜了。她在教室里已无以前那样的人气，但我自己仍如以前那样被她吸引，觉得她给人的感觉属于那种身居山中湖畔的小姐。我给她的评价太高了。小杉老师为何说来说去总是那一套，是不是脑子坏了？我觉得悲哀。刚才她花了好长时间大谈爱国心，其实这不是明摆着的道理吗？谁都爱自己出生的地方，多说岂不无聊。我托腮呆望窗外，大概因为风大，云彩显得奇丽。庭院的一隅开了四朵蔷薇，一朵黄色，两朵白色，一朵粉色。我怔怔地望着花朵，觉得人类也有好的地方，发现花之美的是人，爱花的也是人。

午饭时大家说起了鬼怪故事。说到安兵卫姐姐的“一高七大不可思议”[1]之一的《紧闭的门》时，众人已经哇哇乱叫。因为并非鬼戏那样的视觉刺激而只是心理刺激，所以挺有趣的。闹得太凶，刚刚吃过饭的肚子又瘪了，“面包夫人”马上拿出甜点犒劳。然后大家沉醉于又一轮的恐怖故事，似乎个个都对这种妖魔鬼怪兴趣盎然。这就是一种刺激吧。后来又讲《久原房之助[2]》，虽然不属于鬼怪故事，但也是很好玩的。

1　日本传统文化中的习惯说法，主要指发生在某一特定地点或区域的七项超出人类想象的现象或事物。这里根据上下文，可理解为发生在东京第一高等学校里的七大异闻。

2　久原房之助（1869—1965）：日本的实业家、政治家。

午后是图画课，大家去校园写生。伊藤老师不知为何总是无谓地找我麻烦，今天又要我给他当模特。我早上带来的那把旧伞在班上大受欢迎，大家起哄，闹得伊藤老师也知道了，让我拿着这把伞站在校园角落的蔷薇花旁边，说要画下我的这个姿势，下次拿去展览。我答应只给他当三十分钟的模特。对别人能有一点用处，我也是很开心的，可是一旦与伊藤老师面面相对，却又非常累人。他絮絮叨叨，一套套道理，又可能是过于意识到我的存在，写生时的话题离不开我，令我穷于应对，十分腻烦。他是个暧昧的人，笑得怪怪的，身为老师却容易害羞，越是尴尬时越是作态，叫人作呕。说什么“想起了死去的妹妹”，真叫人受不了。人是个好人，就是过于作态了。

要说作态，我也不输于人，而且比他狡猾机巧、八面玲珑。做作其实会导致不知所措。“自己若太过装腔作势，就会成为一个被姿态所左右的虚假怪物。”他对我这么说，其实这话本身就是又一种作态，让我手足无措。我就是这样一边老老实实地给老师做模特，一边真切地祈祷自己自然一点，本色一点。少读点书吧！那种生活在纯观念之中，无意义的、自以为是的知识让人轻蔑。“缺少生活目标”“对生活、人生应该有更积极的态度”“我是不是自我矛盾”……你好像整天在为这些问题思索和烦恼，只知道感伤，只知道自恋自怜，然后还想把自己卖个高价。啊，让我这样心灵肮脏的人做模特，老师的画不会是一幅美好的画，一定会落选的。虽不该这么想，但我还是觉得伊藤老师蠢透了。我的内衣绣着蔷薇花，老师连这都不知道。

默默地以同一姿势站着，人就会变得特别想要钱，哪怕只有十日元也好。我最想读《居里夫人》，然后突然希望母亲长寿。给老师当模特真让人受不了，太累了。

放学后我和寺庙住持的女儿金子偷偷去“好莱坞”发屋做头发，做完后一看，不是我要求的样式，非常失望，怎么看也不好看，真丧气，糟透了。到这种地方来，悄悄地搞了头发，却成了这副样子，甚至让人觉得像只脏兮兮的母鸡，如今后悔莫及，为我俩来这种地方而自轻自蔑。住持家小姐却兴奋地叫道：“咱们就这样子去相亲吧。”

听她这没羞没臊的话，我产生一种错觉，觉得她自己像是已定好最近要去相亲了。她随即又认真起来：“这种发型，插什么颜色的花好呢？”“穿和服的时候配什么样的腰带呢？”

真是一个没心没肺的可爱姑娘。我也就笑着问道：

“和谁相亲呀？”

“鱼找鱼，虾找虾呗。”

她的回答非常爽朗。我还在有点吃惊地猜这话的意思时，她又给了答案：

“寺庙的姑娘还是嫁到寺庙最好，一辈子饿不着。”

我又被惊了一下。金子好像全无性格，也因此女人味十足。她在学校与我同桌，但也仅此而已，我与她并不十分亲近，可是她对别人都说与我最要好。这是一个可爱的女孩，隔天就会给我来一封信，平时不动声色地照顾我，真是非常难得，可是今天这事也过于夸张，以致我也厌烦了。离开寺庙，我乘上巴士，心里总是感到忧郁。在车上看见一个讨厌的女人，穿着胸襟脏兮兮的和服，一头乱蓬蓬的红发卷着一把梳子，手脚都很脏，一张又红又黑的面孔令人难辨男女。啊，真让人恶心。那个女人的肚子挺大。她时不时地独自嗤笑。母鸡。偷偷去“好莱坞”做头发的我，跟这女人毫无二致。

我想起了早上在轻轨列车上与我邻座的浓妆大妈，啊，脏，脏。女人可厌。因为自己是女人，所以清楚知道女人的不洁并且有切齿之厌。就像摆弄金鱼之后那种难以忍受的腥味渗遍自己的全身，怎么也洗不掉。如果反思自己是否也是每天都在散发着雌性的体臭，还真能想到这样的例子，于是我益发希望自己就在少女时代死去。我突然希望生病，如果生一场重病，汗如瀑布般流淌，身体变得纤瘦，我也许就能变得清净。人只要活着，大概就根本无法逃避这个问题。我觉得自己也开始能够理解宗教的实在含义了。

下了巴士，觉得轻松了一些。真的还是不能乘车。车上那种温热让人受不了。还是大地好，一踏上土地行走，我就喜欢起自己。我这个人实在还是不够稳重，是个逍遥散人。我轻声哼着小调：“回家吧回家吧，青蛙你在看什么？我在看田地里的洋葱，青蛙在叫我回家啦！”[1]然后又为自己的悠闲而恨恨，憎恨这株只顾疯长的小草。我想当个好姑娘。

回家路上的这条乡道每天每日都已看惯，所以感觉不到乡间的静谧，眼里无非是些树、路、田而已。今天不妨扮演一个首次来这乡间的外地人试试。这样吧，我是神田一带木屐店家的女儿，平生第一次踏上郊外的土地，那么，在这乡村到底能够看到什么呢？这个念头挺棒，这个念头挺可怜。我做出一本正经的表情，夸张地四下张望。走下林荫小道时，我仰望新绿的枝头，发出轻轻的叫声；过土桥时，我久久地盯着小河，对着水里倒映的脸庞模仿犬吠；远眺农田时，我眯眼做迷醉状，发出一声喃喃的赞叹。我在神社小憩一会儿。神社的森林光线昏暗，我急忙站起说了一声“害怕”，微微耸起肩膀，匆匆穿过森林，又刻意为林外的光亮做出惊讶的样子。就在我这样热衷于种种新鲜景象而漫步乡间小道的过程中，却又无端地渐渐感到一种难耐的失落，终于一屁股坐在路旁的草地上。坐在草上，方才那种兴奋“啪嗒”一声消失殆尽，我顿时变得认真起来，试着静静地、从容地反思一下最近一段时间的自己。最近自己为何不正常，为何如此不安，总是恐惧着什么。这段时间好像有人对我说过：“你会渐渐变得庸俗的。”

也许是的，我真的差劲，真的无聊。差劲，差劲。懦弱，

1　出自日本童谣『かえろかえろと』，由北原白秋作词，山田耕筰作曲。

懦弱。我忽然想“哇”地大叫一声，却又立刻意识到自己只是试图用这叫声来掩饰怯懦。不能这样，一定要更加积极。我也许正在恋爱。

我仰面躺在青草地上,叫了一声“爸爸”。爸爸，爸爸。天空有着绮丽的晚霞，将暮霭映作粉色。大概是夕阳之光在暮霭中溶化、渗透，所以将暮霭染成如此柔和的粉色了。这粉色的暮霭缓缓流动，钻进树丛，走在路上，抚弄草地，柔柔地包裹着我的身体。粉色的光幽静地照着我的每一丝头发，温和地抚摸着它们。更重要的是这天空的美丽，让我有生以来第一次想对它低头膜拜。我现在相信上帝，这颜色，这天空的颜色是一种什么样的颜色呀？蔷薇、大火、虹、天使之翼、大伽蓝。不，都不是，这颜色比那些都更神圣。

“我爱这一切。”我含泪想道。凝视天空，天在渐渐变化，颜色渐渐变蓝。我唯有一声叹息，想要赤身裸体。树叶和青草在我眼中从未像现在这样透明和美好。我轻轻地试着触摸青草。

我希望生活是美丽的。

到家一看有客人，母亲也回来了。这时依例可以听到家里的欢笑声。母亲如果和我在一起，无论脸上露出怎样的笑容，也从不笑出声来，但与客人说话时，脸上一点不笑，唯有声音在大笑。我打了个招呼，立刻走到屋后，在井边洗了手，又脱袜洗了脚。这时卖鱼的来了，说:“让您久等了，多谢每次关照。”说完在井边放下一条大鱼后走了。不知道这是什么鱼，但从细小的鱼鳞来看，应该是北海道的产物。我把鱼放进盘里，再洗手时，闻到北海道夏天的气味。我想起前年暑假去北海道姐姐家玩时的事情。姐姐家在苫小牧，大概是因为近海，家里总是有一股鱼腥味。傍晚时姐姐一个人在那间大而无当的厨房，用那双白皙的、很有女人味的手熟练地烧鱼时的情景，还清晰地浮现在我的眼前。不知那时我为何那样黏姐姐，渴慕姐姐。可是姐姐那时已经生了阿年，已经不属于我了。想到这，就似"嗖"地感到一阵穿堂寒风，觉得再也不能搂抱姐姐那纤细的肩膀，于是带着死一般的寂落心情，默默站在昏暗的厨房角落，失神地凝视姐姐那白皙的指尖在优雅地动作。想到这些，过去的事情件件令人怀念。所谓血亲，真是令人不可思议，若是他人，一旦远离，就会渐渐相忘；如果是血亲，想起的却都是美好留恋之处。

井边的茱萸已略染红色，再过两个星期就可食用了吧。去年挺奇怪的，一天傍晚，我一个人采茱萸果吃，杰皮默默地看着，一副可怜相，我便给它一个果子，杰皮吃了。又给它两个，也吃了。我觉得挺好玩，便摇晃茱萸树，果实纷纷落下，杰皮津津有味地吃了起来。蠢货，我还是第一次见到吃茱萸果的狗。我也挺直身子采茱萸果吃，杰皮则在树下吃，煞是好玩。想到这，我又惦起杰皮，喊了一声："杰皮！"

杰皮装腔作势地从玄关跑来。我骤然升起一种强烈的怜爱之情，用力抓住它的尾巴，杰皮就轻轻咬我的手。我打它的头，觉得自己眼泪就要出来了。杰皮平静地饮井边的水，发出吧嗒吧嗒的声音。

我进了房间，屋里开着电灯，一片寂静。父亲不在。只要父亲不在，家里总像是有什么地方留着一个大大的空位，令人很不自在。我换上和服，给脱下的内衣上的蔷薇花送去一个纯洁的吻，然后在镜台前坐下，立刻听到客厅传来母亲和客人的笑声。我无名火起：母亲与我两人在一起的时候还好，但只要来了客人，她就特别疏远我，冷若冰霜。我在这种时候总是最怀念父亲，也最感伤。

一看镜子，我的表情充满活力，令我惊讶。这是别人的表情，与我悲苦的心情全然无关，另是一番自由活泼。今天虽然没涂胭红，可是双颊泛红，嘴唇也略带红光，显得可爱。我摘下眼镜笑了一下，眼睛也极好，蓝幽幽、清亮亮，也许是因为长时间盯着美丽的夕空，所以眼睛变得如此美好了吧。这样真好。

我带着还算不错的心情走向厨房，就在淘米的时候，忽又感伤起来，想起以前在小金井的家，灼心般地怀念。那个家里有父亲，还有姐姐，那时连母亲也还年轻。我一放学回家，就和母亲、姐姐在厨房或起居室津津有味地聊天，吃她们给的点心，对她们撒一阵娇，向姐姐挑衅一下，然后定是遭一顿臭骂，奔出房间，骑自行车到很远很远的地方，直到傍晚回来，然后其乐融融地吃饭，确实是其乐融融。不用审视自己，也没有任何不洁或别扭的感觉，只需接受娇宠就行。我曾享受过何等的特权呀，而且是理直气壮，没有担心，没有孤寂，没有痛苦。父亲是个了不起的好父亲。姐姐性格善良，从来就是我的依靠。可是随着年龄的增长，我自己首先变得不招人喜欢，我的特权在不知不觉间消失，让我有一种赤身裸体的丑陋感觉。我变得完全不能对人撒娇，常常陷入沉思，心绪不畅。姐姐嫁了出去，父亲又不在了，只剩下母亲和我。母亲也总是闷闷不乐，那段时间她曾说："今后我已不会再有生活乐趣。即使看到你，我其实也难以感到有多快乐。请原谅我，你父亲不在，还是没有幸福更好些。"蚊子出笼时节，母亲会突然想起父亲，拆洗衣物时会想起父亲，剪指甲时也会想起父亲，喝到好茶时必定会想起父亲。无论我如何安慰母亲，陪她说话，毕竟仍与父亲不同。夫妇之爱一定是世间最强烈的感情，比血亲之爱更高一等。我觉得这些想法与自己年龄有点不符，暗自脸红，用湿手把头发往上拢了拢，一面淘米，一面打心眼里希望得到母亲的爱怜和珍视。这烫成的鬈发，我得赶紧把它解开拉长，母亲从来就不喜欢我把头发弄短，我把头发留得长长的，梳得一丝不苟，她见了应该高兴。可是我并不愿意如此刻意取悦母亲，我不喜欢这样。想一想便发现自己近来的焦虑与母亲有很大关系。我想做一个贴合母亲心情的姑娘，却又不愿因此而过于讨好她。如果能啥都不说，却也能让母亲完全理解我的想法并感到放心，那才是最好的。我无论怎么任性，也不会去做贻人笑柄的事，不管怎么难过和寂寞，都会坚守关键之处，以此作为自己对母亲以及这个家的挚爱。母亲若也能绝对信任我，对我少闻少问，难得糊涂，岂不更好。我一定会尽力而为，争取有出息。我觉得这对现在的我来说，也是最重要的愉悦和生存之道，可是母亲却完全不信任我，还将我当孩子看待。我每次一说孩子气的话，母亲就开心。前些时候我曾淘气地故意拿出夏威夷四弦琴，“嘣嘣”地弹击喧闹，母亲见了，一副打心眼里喜欢的样子，与我打趣说：

“啊呀，下雨了吗？我听到雨滴声了。”

她好像觉得我真的在认真弹琴，我因此懊丧得想哭。妈妈，我已是大人，世间的一切我都已知道，请您无所顾虑地跟我商量吧。家里的经济状况之类，您也可对我全盘托出，如果告诉我情况不佳，我决不会再缠着要买新鞋。我会做一个踏踏实实、勤俭再勤俭的姑娘。真的，一定。尽管如此……我想起有一首叫《尽管如此》[1]的歌，独自笑了出来。回过神来，发现自己双手伸进锅里发愣，像个傻子似的胡思乱想。

坏了，坏了。得赶紧给客人做晚饭了。刚才那条大鱼该怎么处理？先切成三片用大酱腌着吧，一定会好吃的。做菜全靠感觉。剩下一点黄瓜，用来做醋黄瓜吧。还有我拿手的烤鸡蛋。还缺一样，啊，有了，再做一个洛可可料理，这是我的创意，在一个个盘子里分别放上火腿、鸡蛋、西芹、卷心菜、菠

1　由星野贞志作词，古贺政男作曲，日本昭和时期的流行歌曲。

菜……把厨房里所有余货配得五颜六色、漂漂亮亮，再巧妙拼摆，省事又省钱，尽管一点也不好吃，可是饭桌变得热闹华丽，让人觉得是一顿十分奢侈的招待。鸡蛋的阴影后是西芹的绿叶，旁边火腿像红色的珊瑚礁探出脸蛋，卷心菜的黄叶摊在盘里，好似牡丹花瓣，又似羽扇，绿色的菠菜让人想起牧场还是湖水？两三个这样的盘子在餐桌上摆开，客人会突然想起路易王朝。万一到不了这个程度，反正我是做不出一桌美味的，也至少图个有模有样，把客人糊弄过去吧。料理以外观为首要，大抵都是以此糊弄人的。不过，这洛可可料理需有相当的绘画能力，在色彩的搭配方面，若非具备超于常人一倍的敏感，是要失败的，至少须有像我这样的审美品位。最近查了一下辞典，“洛可可”这个词被定义为华而不实的装饰样式，令我发笑。这个解释真够经典的。美，岂可有什么“内容”？纯粹的美从来就是无意义、无道德的，这是铁定的，我因此而喜欢洛可可。

我总是这样，在做菜并尝尽各味的过程中，会莫名其妙地出现一种严重的虚无感，濒死般的疲劳和阴郁，陷入精疲力竭的状态。先是觉得一切都极好极顺，最后却突然变得自暴自弃，料理的味道和外观都被抛到九霄云外，胡乱对付一下，然后满脸不高兴地端给客人。

今天的客人特别郁闷，是大森的今井田夫妇和今年七岁的良夫。今井田先生已年近四十，却像美男子似的皮肤白皙，让人不大舒服。不知他为何吸敷岛烟[1]。我觉得香烟若带过滤嘴，总给人不洁的感觉。吸烟只可吸不带过滤嘴的，吸敷岛烟就会令这个人的人格都值得怀疑。他对着天花板喷云吐雾，嘴里应着“是、是、确实如此”之类的话。据说他现在在夜校教书。夫人身材矮小，拘谨而无品位，不管什么无聊的事情，都会让她笑得身子扭曲，把脸贴在榻榻米上，上气不接下气。真有那么好笑吗？兴许她误以为这样笑弯了腰属于某种品位的表现吧。如今这个社会中，这种阶级的人大概可算最可恶、最肮脏了。他们就是所谓的“布尔乔亚”[2]、小官吏吧？那孩子也是老气横秋，全无纯朴开朗之处。我心里这么想着，却又强抑所有这些念头，与他们寒暄，笑着交谈，不住地夸奖良夫可爱并抚摸他的头，完全是在用假话欺骗大家。眼前的今井田夫妇也许都比我还清纯呢。大家吃着我的洛可可料理，夸奖我的厨艺。我的心情虽失落、窝火、欲哭无泪，却还竭力做出开心的样子，然后也陪客人一起吃饭，但毕竟耐不住性子再听今井田太太那没完没了的弱智奉承，火冒三丈地想阻止她的假话，说：

“这料理一点也不好吃。都是因为家里啥都没有，才逼得我急中生智的。”

我明明是要说出实情，今井田太太却拍手称绝，夸我这

1 在1904年6月29日至1943年12月下旬期间贩售的日本高级香烟。

2 即中产阶级。

“急中生智”说得太好。我憋屈得真想丢下碗筷大哭一场，却又强行忍住，摆出一副笑脸。这时连母亲也说：

“这孩子已渐渐有用了。”

母亲明明对我的难受理解得一清二楚，却为了迎合今井田的心情而说出如此无聊的话，还呵呵地笑。她没必要如此讨今井田之流的欢心。面对客人时的母亲已经不是我的母亲，而成了一介弱女。难道是因为父亲不在了，她才变得如此卑屈吗？我难过得啥也不想再说，只想叫客人快回去。我父亲是个了不起的人，性格和善，人格高尚。你们如果因为我父亲不在了而如此小看我们，那就请立刻回去——我实在想对今井田这么说，却还是说不出口，倒是在给良夫切火腿，给太太递泡菜，忙着为他们服务。

吃完饭，我立刻钻进厨房洗洗涮涮，只想尽快独自待着。我并非要居高临下，但也觉得没必要再与那些人继续没话找话、强颜欢笑。对那种人绝对没必要彬彬有礼，不对，不是彬彬有礼，而是谄媚讨好。我不愿意，我已经受够了，已经尽我所能了。就连母亲见到我今天这种克制、温和的态度，不也显得挺高兴吗？难道仅仅那样就挺好吗？我难道真的应该把社会交往与自我硬是区分得清清楚楚，然后有条不紊、心情愉悦地应对和处理世事吗？或者，我应不应该不畏人言，始终不失自我，我行我素呢？我不知何去何从。我羡慕那些一生都可以仅与自己同样软弱、善良、温和的人群一起生活的人，他们一生都不把苦劳当作苦劳，无须特意自讨苦吃——还是这样好。

克己为人肯定是好事，但若让我今后也必须每天对今井田夫妇那样的人强颜欢笑、随声附和，我也许会疯的。我突发一个可笑的念头，觉得自己这样的人是不能坐牢的，不但不能坐牢，还不能当女佣，不能为人妻。也不是，为人妻得分场合，如果已经决心为这个人奉献一生，那么再苦再累也是为了充分实现自己的人生意义，也是有希望的，我是会努力去做的，这是理所当然的。我会从早到晚连轴转地干活、洗洗涮涮。我会最最容不得有很多脏衣物堆积在家，会因此而焦躁，歇斯底里般地不得安宁，有一种死不瞑目的感觉。直到把它们一件不漏地洗净挂在晾衣架时，才会有一种已随时可以瞑目的感觉。

今井田夫妇回去了。好像是有什么事，母亲也跟着出去了。母亲是个言听计从的人，今井田有事利用母亲也非绝无仅有的事，但我讨厌今井田夫妇的厚颜，恨不能揍他们一顿。把他们送到门口，我独自呆望着夜色中的路，想哭一场。

邮件中有晚报和两封信，一封是松坂屋的夏季用品销售广告，是给母亲的；一封是堂哥顺二寄给我的，简单地通知说马上要调防到前桥的连队，并向母亲问好。虽是军官，也不可期待有多好的生活内容，但是那种每天严格有度的起居规律还是令人羡慕的。我觉得如果身体受到有规律的约束，心灵会感到轻松的。以我来说，如若什么都不想做，就可索性啥都不做；如若想做，那无论怎样的坏事都能去做；要想学习，能有无限的学习时间；要说欲望，我觉得自己多大的愿望都能实现。如果给我一个有起点、有终点的努力界限，那对我的心情该有多大的帮助呀。若能受到严格的束缚，对我反倒是件好事。有本书里写到过，在战地工作的兵士唯一的愿望便是能沉沉地睡一觉。在同情这些士兵的同时，我又极其羡慕他们。若能彻底告别那种烦琐讨厌、不得要领、无根无据、有如洪水的思虑，处于只想睡觉的渴望之中，这种状态其实是干净、单纯的，想想都令人神清气爽。我这样的人，若能得到军队生活的锻炼，也许可以成为稍微明朗一些的好姑娘。即使没到部队，也有像阿新那样纯真的人，我却是个不堪的女人。阿新是顺二的弟弟，与我同年，但为什么会是那么好的孩子呢？在亲戚中，不，在世界上，我最喜欢阿新。阿新是个盲人，年纪轻轻就失明，那是一种什么样的体会呀。在这样静谧的夜晚，独自待在屋里，他会是一种什么样的心情呢？若是我们这样的人，即使寂寞，也能读书看景，可得几分排遣，阿新却不能，只能默默度过。他以超人的努力用功学习，此外网球、游泳也都拿手，但此时的寂寞和痛苦又将何如？昨晚我也想起阿新，钻进被子后试着闭眼五分钟，即使是在床上闭眼，五分钟也让人觉得漫长、憋闷，而阿新却是白天夜晚、数日数月地什么都看不见。我愿高兴地听他抱怨、发火、说任性的话，可他什么都不说。我没听阿新发过牢骚，说过别人坏话，反倒从来都是话语乐观、表情开朗。所有这些都一时涌上我的心头。

我带着纷乱的思绪打扫房间，然后烧洗澡水。等水热的时候我坐在蜜橘的包装箱上，就着昏暗的煤油灯完成了学校的全部作业。这时洗澡水仍未烧开，于是我又试着重读《濹东绮谭》[1]。书中所写事实绝非那种令人生厌的肮脏东西，但作者的矫揉造作随处可见，还给人一种陈腐和不靠谱的感觉。难道是因为作者上了年纪？可是外国的作家不管多大年纪，都能更加大胆地、情意浓浓地爱着笔下的人物，那样反倒让人津津有味。不过，这部作品在日本应该归为好书吧。它较少虚伪，作品的内里有一种沉静的达观，读之令人神清气爽。在这位作者的作品中，此作最显练达，我很喜欢。我觉得这位作者是个责任感极强的人，非常拘泥于日本的道德，反而让人觉得他的很多作品中这种色彩过于强烈，有一种过于深情的人常有的伪恶趣味，就似故意戴上了夸张的鬼脸，反倒削弱了作品的力度。不过这本《濹东绮谭》具有一种沉静而不可动摇的力量，我喜欢它。

洗澡水烧好了。我打开浴室的电灯，脱了衣服，让窗子全都开着，静静地泡在浴盆中。我看着窗外珊瑚树的绿叶，一片片树叶被灯光照得熠熠生辉。天上星光闪烁，无论看多少次都

1　日本作家永井荷风的长篇小说。

在闪烁。我仰望发呆时，就可尽量不看朦胧中自己身体的白皙，但那种白皙还是能有所感觉，确凿无疑地进入我视野的某处，静下来后会觉得与小时候的白皙不同，让我很不舒服。肉体的自然成长与自己的意识并无关系，这让我感到极度困惑。自己在迅速地长成大人，我却束手无策，令人悲哀。难道除了听天由命地眼看自己走向成人之外就没有别的办法了吗？我希望自己永远都有着一个偶人般的身体。我朝身上泼着热水，学着孩子般的举动，心情却沉甸甸的，苦闷得觉得已无理由再活下去。庭院对面的空旷处传来别人家孩子叫姐姐的声音。这带哭腔的叫声蓦地刺激着我的心，虽然叫的不是我，但那位被孩子哭求的“姐姐”让我羡慕。对我来说，哪怕有一个那样爱我黏我的弟弟，我也就不会这样一天天过着没有体面、惶然无措的生活，我的生命将充满活力，树立为弟弟尽己所能、奉献一生的决心，向世人展示自己不畏一切苦难的能力。我尽力让自己振作，然后又深切地怜悯着自己。

出浴后，心心念念着今夜的星星，便去庭院看。星星离得很近，啊，夏天就要到了。四下蛙鸣，还可听到麦子的拔节声，每次抬头都可看到四处都是星光。去年，不，已经是前年了，我闹着要去散步，父亲虽在病中，却还是陪我一起出去。真是永远年轻的父亲。他教我德语“白头偕老”的意义，还教我唱小调，谈星星，即兴赋诗；他拄着手杖，唾沫星子四溅、故意不住地眨眼——我的好父亲就是这样陪我一起散步。我默然仰望星空，父亲的一切便历历在目。自那以后过了一两年，我已变成了一个问题女孩，有了太多太多不可告人的秘密。

回到屋里，我坐在桌前托着下巴看着桌上的百合花。花香可人。闻着这花香，即便似现在这样孤独无聊，心境也绝不会变得龌龊。这枝百合是我昨天傍晚去车站散步返回时在花店买来的。自那以后我的房间焕然一新，清清爽爽。试想一下，一打开拉门就能感到百合花香袭人，那是一种怎样的慰藉呀。现在这样盯着花看，无论从实感还是肉体的感觉，我都认可自己正享受着超出所罗门王的荣华。我突然想起去年夏天去山形时的事。走在山路上看见半山腰有太多太多盛开的百合，我惊讶而又向往，但又知道自己无法攀登那么陡峭的山崖，无论怎样向往，也只能看看而已。这时，一位不相识的矿工正好在这附近，他默不作声地爬上山崖，转眼间就采了很多百合，多得两手都抱不拢，然后板着脸把花全都递到我手上。我因此而满足，太满足了。无论是怎样排场的舞台或是结婚式，也没人可以得到这么多花吧。我当时第一次体味到“晕花”的感觉，张开双臂才勉强抱住那很大很大的雪白花束，眼前已看不到任何东西。那位年轻的矿工真的是那么亲切、认真、令人感佩，他现在正做什么呢？不顾危险采花送我，仅凭这点，每当看到百合花我就必定想起矿工。

打开抽屉乱翻，翻出了去年夏天的折扇。白纸上坐着一个元禄时代的女人，坐相难看，旁边另画有两株绿色的酸浆。由这扇子，去年夏天的事情像一阵烟似的在我面前升腾——山形的生活，火车上，和服单衣，西瓜，河川，蝉，风铃……我蓦地想要拿着扇子去乘火车。我打开折扇试了一下，感觉不错。我哗啦一下散开扇骨，扇子顿时变得轻快。我玩弄着扇子时，母亲回来了，心情不错。

“啊，真累，真累。”

嘴上叫累，却无不快的表情。她就是这么乐于助人，真叫人没办法。

“事情有点难办。”说着换了衣服进浴室。

洗完澡，她跟我两人一起喝茶，一边有点怪怪地笑着。我刚想妈妈该有啥话要说了，她就开了口：

“你最近不是一直说想看《赤脚少女[1]》吗？既然那么想看，就去看吧，不过作为交换，今晚得给妈妈揉揉肩。劳动所得，更加愉快吧？”

我已经乐不可支。我虽然想看《赤脚少女》，却因最近在外玩得太多，所以不好开口。母亲看透了我这心思，借口要我干活，大手一挥，批准我看电影。我真开心，妈妈真好，我不由得笑了。

夜晚与母亲这样两人在一起，似乎已是久违的事了，因为

1　1935年上映的捷克电影。

她交际实在太多。母亲大概也在努力不让自己被外面人轻看吧。我清楚地知道这一点，就像为她揉肩时她的疲劳可以传到我的身体一样。我要爱惜她。先前今井田来时我曾暗恨过她，我为此感到羞耻，嘴里小声嘀咕一句“对不起了”。我总是只为自己考虑，对母亲还是从心底采取着恃宠而骄的粗暴态度，却毫不念及她这种时候的痛苦。父亲去世以后，母亲真的变得软弱了。我会把自己的痛苦烦恼全都说出来，期望母亲化解，可是母亲稍一向我贴近，我就觉得不快，像是看见了什么不净的东西。我真的太自私了。母亲与我毕竟同为弱女子，今后我要满足于与母亲一起的两人生活，体恤她的心情，跟她聊过去的事情，聊父亲，实现以母亲为中心的生活，哪怕只有一天这样的生活也好。我希望把这视作自己的生活意义所在。我虽在内心挂念着母亲，希望做个好姑娘，可是一旦付诸行动和语言，就十足成了一个任性的孩子。而最近的我，则连孩子的那点纯真都没有了，有的只是污浊、羞耻。什么痛苦、烦恼、寂寞、悲哀……这到底是些什么呀？说得明白点，就是一个“死”。我心知肚明，却好像无法用一句话，用一个近似的名词或形容词来表达，只能六神无主，最后怒火中烧，完全像个什么似的。从前的女人被蔑称为奴隶、玩偶、无视自我的蝼蚁……但与现在的我等之辈相比，她们远远更像真正意义的女人，她们心胸开阔，她们的睿智使她们足以利落地处理忍从的问题，她们理解纯粹的自我牺牲之美，明辨完全无报酬奉献所产生的愉悦。

“啊，好一个按摩女，天才呀。”

母亲照例又在调侃我。

“是吗？那是因为我倾注了自己的心意。不过，我的可取之处可不仅限于按摩之类哟，否则会让我失望的，我有更多的优点呢。”

我径直说出了自己所思，这话在我自己听来感觉特爽，这两三年来我从未这么率真地直言了。在因自知之明而失望之时，我欣喜地觉得这也许意味着一个平静的、崭新的自我就要诞生了。

今晚带着对母亲的种种答谢，我做了按摩之后，另外又为她读了一会儿《爱的教育》。母亲知道我读的是这样的书，露出了释然的表情，而前些日子我读凯瑟尔的《白日美人》时，她默默地从我手中拿过书去扫了一眼封面，脸色顿时黯然，但没说什么随即把书还给了我。我也因此再无心情继续读了。母亲应该不会看过《白日美人》，但好像凭直觉就能知道那是什么样的书。夜晚的寂静中一个人出声读《爱的教育》，觉得自己的声音大得刺耳，时时会有一种无聊感，觉得耻于面对母亲。唯因周围太静，自己的愚蠢就分外突出。无论何时读《爱的教育》都会受到感动，与小时候读它所受感动完全一样，自己的心灵也似变得率真、纯净了。我虽觉得挺好，但出声朗读的感觉毕竟与用眼阅读迥异，是一种让人觉得奇怪和不自然的形式。然而母亲在听到安利柯和卡隆的段落时还是低头哭了。我的母亲与安利柯的母亲一样是个了不起的、美丽的母亲。

母亲先睡了，大概是今天早早就出门，已经很累了。我帮她铺了被子，还拍打了被角。妈妈总是一进被子就立刻闭上了眼。

然后我就在浴室洗衣服。最近有个坏习惯，近十二点才开始洗衣服，似乎是舍不得把白天的时间花在洗洗涮涮上，但或许原因恰恰相反也未可知。透过窗子可以看到月亮。我蹲着吭哧吭哧地洗衣服，一面悄然对着月亮笑了笑。月亮一副不知的样子。我突然相信在这同一个瞬间，某处有个可怜的寂寞的姑娘，也同样边洗衣服边朝这个月亮悄然一笑，确实是笑了。一个苦命的女孩在远处乡间山顶的一间屋子，深夜默默在厨房后门洗濯，而巴黎小巷某处肮脏的公寓走廊，也有一个与我同年的姑娘在独自洗着衣服，对着这个月亮一笑。对此我毫不怀疑，就像用望远镜真的见到那样色彩鲜明、历历在目。我们所有的苦楚，真的谁都不知。也许长成大人后，我们今天的痛苦和凄凉就会成为一段可笑而无谓的追忆，可是在完全成为那样的大人之前，我们又该怎样度过这漫长可憎的时期呢？谁也不会告诉我们。是不是就像对待麻疹那样的疾病，除了置之不理就别无他法了呢？可是麻疹能让人死亡，能让人失明，不可置之不理的。我们每天这样郁郁寡欢、怒火中烧，其中有人失足堕落、不可救药，草草度过一生，有人甚至以一念之差而自杀。对待这些情况，世间的人们会惋惜地说：啊，要是再多活些年月就会明白了，要是再大一点自然就懂事了。可是作为那些当事人来说，好容易苦苦熬到这一步，耐住性子侧耳恭听世间的声音，却总还是一次又一次地要受那些无关痛痒的训诫或是权宜之计的劝解，永远都会面临可耻的背叛。我们绝非奉行及时行乐主义，但如果你指着远山说“走到那里就可看见独好风景”，尽管我知道你的话一点没错，事实一定是那样，但我眼下肚子疼得厉害，你却视而不见，一个劲地要我忍耐一下，到了那个山顶就大功告成。总有人是错的，错的就是你。

洗完衣服再打扫浴室，然后轻轻打开房间拉门，百合花香袭人。我连心底都变得透明，处于一种堪称“崇高的虚无”状态。我轻手轻脚地换上睡衣，先前以为已经睡着的母亲闭着眼睛突然说话，吓我一跳。妈妈经常这样让我吃惊。

“你说想要夏天的鞋子，今天我去涩谷时顺便看了，鞋子也挺贵了。”

“没事。我不是那么想要。”

“可是没有也不行吧。”

“嗯。”

明天又将是同样的一天吧？我知道幸福永远不会来到，但最好还是带着“一定会来，明天就会来到”的信念入睡吧。我故意发出很大的声音倒在被子上。啊，舒服。被子很冷，我背后凉丝丝的。我渐渐迷糊了，蒙眬中想起“幸福隔夜才来”的说法：苦苦盼着幸福，终于性急难耐弃家而去，第二天幸福的喜讯造访这被离弃的家，已经为时太晚。幸福隔夜才来。幸福……

院子里传来小可的脚步声，那啪嗒啪嗒的声音别具特色，它的右前腿稍短，而且前腿呈O形，所以脚步声也显得凄清。这么三更半夜的亏它还在院子里转悠，是在干啥呢？小可真可怜。今早我没善待它，明天要好好抚慰一下。

我有个可悲的习惯，非得用双手把脸盖住才能入睡。我遮住脸，屏息静气。

入睡时的感觉挺奇妙，就像在钓鲫鱼、鳗鱼时拉紧钓线，钓线以一种铅块般的重力拽我的头，当我正要昏昏入睡时，钓线又放松了一些，于是我又回过神来，然后线又拽紧，我又昏然，接着又是松线……如此重复三番五次后才猛地拉紧。天亮前不会再放松了。

晚安。我是没有王子的灰姑娘。您知道我在东京的哪里吗？我们不会再见了。

一九三九（昭和十四）年四月作

皮肤与心

我在左乳房下方突然发现一粒小豆状的疙瘩，再一细看，这疙瘩周围像喷雾似的散布着许多小红疙瘩，不过当时不痛不痒，毫无感觉。我带着憎恶的心情在澡堂用毛巾使劲搓拭乳房下方，几乎要把皮肤蹭破。这似乎也不是办法。回家后我坐在镜台前敞胸照镜，不禁毛骨悚然。澡堂到我家步行不到五分钟的路，就在这短短的时间里，从乳下到腹部，有两只巴掌大的面积都变得通红，恰似熟透的草莓。我像看到地狱图景，周遭顿时一片黑暗。从那时开始，我不再是原来的我，觉得自己已不是人，处于一种名副其实的失神状态。我久久地呆坐，暗灰色的积雨云无声地在我周围聚拢。我远离先前的世界，连周围的声音在我听来也变得十分微弱，阴郁的地狱时刻从此开始。就在我凝视镜中裸身的时候，红色的小粒又下雨般地四下出现，从颈围、胸口、腹部一直到后背好像都遍布了。我于是拿另一面镜子对着背后，再看前面的镜子，白皙的背部一片疙瘩，就像红色的雪粒。我以手掩面。

“我长了这样的东西。”我是六月初让他看的。他当时穿着短衫短裤呆呆地坐在书桌前抽烟，像是当天的工作已告一段落，听到我的话后起身走过来，让我以各个方向的姿态朝他。他皱眉盯着我看，用手指揿我身体各处，问我痒不痒。我答不痒，没有任何感觉。他做沉思状，然后让我站在檐下走廊光亮的西晒处，转动我的裸身做更仔细的查看。他对我的身体一向关注得细致入微，虽然沉默寡言，其实始终对我十分在意。对此我心知肚明，所以虽被如此带到走廊光亮处，时而朝东时而朝西地任他转弄羞怯的裸姿，我却反倒平静沉稳，觉得是在祈告上帝，何其安心。我保持站姿，轻合双眼，希望至死不再睁眼。

“搞不明白。若是荨麻疹，理应发痒，难道真会是麻疹？”

我哀怨地一笑，重新穿上和服，说道：

“会不会是米糠过敏？因为我每次去澡堂总是拼命用米糠搓胸部和颈部。”

他觉得也许如我所说，便去药房买来一种管装药，白色，黏糊糊的。他默默地用手指给我涂抹，像是要让药膏渗入皮内。我的身体立时凉爽，心情也轻松了一些。

“不会传染吧？”

“别想太多了。”

话虽这么说，他定是在为我难受，而这种心情正通过他的手指刺激着我郁闷的心胸，盼望着早日痊愈。

他一直小心翼翼地庇护着我丑陋的容貌，哪怕只是开个玩笑，他也从不提及我面容那一处处可笑的欠缺，反倒是显示出一副万里无云、诚心诚意的表情，甚至有时也会冷不丁冒出一句:“我觉得你长得挺好。我喜欢。”弄得我心慌意乱、不知所措。我们今年三月刚结婚。我们的婚姻寒碜，让人挺难为情的，乃至“结婚”二字于我都是一个刺耳的字眼，无法心平气和地说出口来。首先，我已经二十八岁，长得又丑，所以难以出嫁；其次，就算是我这样的，在二十四五岁之前也有两三次谈婚的经历，但总是功亏一篑。我家不是什么有钱人家，家里只有母亲、妹妹和我，属于一个弱势的女性家庭，所以无望高攀一门好的婚事。婚姻于我似乎已成奢侈的梦想。二十五岁后，我下定决心：哪怕终身不嫁，也要赡养母亲，抚养妹妹，以此作为人生唯一意义。妹妹小我七岁，今年二十一岁，却已姿色出众、善解人意，渐渐长成一个好姑娘。我要为这样的妹妹招一个出色的赘婿，然后开始我自力更生的人生，而在那之前，我要守在家里，承担起里里外外的一切，维护好这个家庭。有了这样的决心，此前内心里的各种烦恼都烟消云散，痛苦、孤寂统统远去。我在承担家务的同时，刻苦学习西式服装裁剪，渐渐已经试着承接附近孩子服装的订货。就在接近将来自谋生路目标的时候，有了与他的婚事。介绍人曾有恩于我已故的父亲，所以不能断然拒绝。待答应下来再一了解，才知对方只有小学毕业，无父母兄弟姐妹，从小被先父的恩人收养，自然是不可能有什么财产。他三十五岁，是个有点技术的美工，据说有过月入两百日元乃至以上的时候，也有一个月里分文不入的日子，扯平了算月入七八十日元。此外，他并非初婚，曾与一个自己喜欢的女人在一起过了六年，前年又因故分手。之后，他觉得自己一个只读过小学的人，既无学历又无财产，还老大年龄，实在无望有个像样的婚姻，莫如一生不娶，过个自在日子。就在他过着鳏夫生活的时候，先父的恩人劝解他说这样会被别人视作怪人，还是尽早娶个媳妇为好，并说自己心中已经大致有了一个对象。我们这边也曾私下为婚事托过这位恩人，可这时我却也与母亲面面相觑、不知所措了。这真是一门一无可取的婚事，无论我是个怎样的剩女、丑女，却也并无任何过失，难道真的已到离了这种人就嫁不出的地步？我起初是生气，继而又格外失落，虽非拒绝不可，却又因为托话的是先父的恩人，无论是母亲还是我，拒绝时也不能把事情弄得太僵。就在这样出于软弱而犹犹豫豫之际，我又突然可怜起那个人来，觉得他一定是个善良的人，而我也不过读到女校，并无特别的学问，也不可能有多少陪嫁钱。再说父亲已死，家庭处于弱势，自己明摆着属于丑女，老大不小，也是一无可取，也许跟他正般配呢。我反正运气不好，倒还不如别为回绝这事而与先父的恩人弄得不愉快。我的内心渐渐倒向那边，甚至还会因羞怯而双颊发烫。母亲还是一副不放心的样子，担心我是否真的愿意，我也没跟她多解释，就直接给那位先父的恩人做了肯定的答复。

结婚后我是幸福而又不幸福。不，还是只能说幸福，否则就会遭受天谴。我被珍爱体恤。他有点懦弱，而且似是因被前面那个女人背弃，显得越发唯唯诺诺，对一切都无自信，简直令人着急。他身材瘦小，面容枯瘦，对工作十分投入。我突然觉得他画的图案乍一看似乎眼熟，难道真是奇缘？再一细问，便激动起来，似乎从此开始爱上他了。银座那家著名化妆品店的蔓藤玫瑰图案商标就是他的创意，不仅如此，那家化妆品店销售的香水、肥皂、香粉之类的标签以及报纸上的广告，几乎全都出自他手。十来年前就专属于那家店的独具特色的蔓藤玫瑰图案标签、宣传画、报纸广告等等，据说几乎都是他一人画的。至今连外国人都还记得那蔓藤玫瑰图案。哪怕不知道那家店名，但不管是谁，只要见过一次那颇具特征的蔓藤玫瑰典雅地交绕的图案，就会留下记忆。我觉得自己这辈人也是从读女校时就已知道那蔓藤玫瑰图案。我莫名地被那图案吸引，女校毕业后仍只用那家店的化妆品，成了所谓的“粉丝”，却从没去想过那蔓藤玫瑰图案的设计者。我虽属于粗枝大叶者，但此种情况应该非我仅有，不管是谁，看到报纸上好看的广告，大概不会有人去寻思那位美工的。美工真的像无名英雄，连我也是嫁给他一段时间后才发现的。我知道这情况时开心地说：

“我在女校时就特别喜欢这图案。是您画的呀。我真开心，真幸福！十年前就开始与您结缘，注定是要嫁给您的。”

看见我这欢喜的样子，他脸红了，不停眨着眼，一副不好意思的样子，说：

“别拿我开涮了。不就是手艺活吗？”

说完，弱弱一笑，表情凄然。

他总是自卑自贱。我本没什么想法，他却似乎特别在意和拘泥于自己的学历、二婚和贫寒等等。他若如此，像我这样的丑女又情何以堪呢？我们夫妇同样缺乏自信、提心吊胆、在对方面前扭扭捏捏。看得出他偶尔也非常希望我撒撒娇，偏偏我是个二十八岁的半老丑女，再加见到他那副毫无自信的卑微状态，于是也受到感染，变得不自然起来，实在难以天真无邪地撒娇，虽然心向往之，却反而一本正经地冷冷相待，弄得他也很不开心。我了解他的想法，便越发局促不安，变得更加生分。他似乎也很了解我的不自信，常常会没来由而笨拙地夸奖我的长相或衣服的样子之类。我知道他是在哄我，因此一点也开心不起来，反倒感到窝火，憋闷得想哭。他是个好人，真的从来不让我感觉到前面那女人的一点点影子，我也因此完全忘了那事。就连这个房子，也是我们结婚后新租的。他之前一人住在赤坂的公寓，一定是不想留下不好的记忆，也许再加上对我的体贴之心，便把以前过日子用的东西全部变卖，只带了点工作用的东西搬到现在这位于筑地的家里。我手上有一点母亲给的钱，两人买了少量生活用品，被褥、橱柜都是我从本乡老家带来的，家里丝毫没有前面那女人的影子，因此我到现在都实在难以相信他曾与我之外的女人一起生活过六年。我甚至想：其实，若他可舍弃那没必要的自卑，而对我撒野，朝我吼叫，将我蹂躏，我也就可以无所顾忌地放声歌唱，尽情地对他撒娇，这个家一定会变得有生气。偏偏咱俩都不约而同地自卑、拘束。我且另当别论，可他又何必自卑呢？虽说是小学毕业，可在教养方面毫不输于大学毕业的学士。他搜集了唱片之类很有品位的好东西，利用工作间隙津津有味地阅读一些我从不知其名的外国新小说家的作品，还有那世界级的蔓藤玫瑰图案。他虽然常常以贫穷自嘲，但是最近的业务很多，家里的钱也一百两百日元地积少成多，甚至最近还带我去了伊豆的温泉。尽管如此，他至今还想着家里的被褥、橱柜以及其他用品都是我母亲买的，我为此反倒羞愧，觉得自己做错了什么。明明都是些不值钱的东西呀。我失落得想哭，觉得不应该因为同情和怜悯而结婚。夜间我曾可怕地想到自己是否还是独身为好。我甚至有过可恶的不贞念头，想要追求更强的男人。我是个坏人。婚后我开始以一种灰色的方式放弃了自己青春的美好，念及此，便切身感受到一种咬牙切齿的悔恨，希望赶紧用什么方法补偿一下。晚上与他一起默默进餐时，我曾难以抑制自己的落寞，拿着碗筷直想哭。这些都是出于我的欲望吧？尽管是这样一个丑女，还是难抵春心未泯，一味贻人笑柄。仅以眼下的日子，我的福分已超出自己应得，我必须这样去想。因为自己不知不觉中的任性，这次才会长出这种瘆人的疙瘩。也许是因为他给我涂了药，疙瘩没再扩大。我暗暗向神祈祷，希望明天也许可以痊愈。晚上，他让我早早歇了。

在床上我想了很多，总觉得有点不可思议。我从不惧怕任何疾病，却无论如何也不能容忍皮肤病。无论如何辛苦，如何贫困，独独不愿得皮肤病，哪怕少条胳膊缺条腿，都远远好过皮肤病。在女校的生理课上学到皮肤病的病菌时，我浑身发痒，恨不得一把扯碎那些印有虫子、霉菌照片的教科书书页。而且老师的没心没肺令人痛恨。不，其实老师讲到这里时也并非真的能那么冷静，只是为完成本职工作而强抑自己的反应，做出一副若无其事的样子罢了。如果认为他确实这样，我就越发为老师的厚颜无耻感到忍无可忍、浑身难受。生理课后，我和同学讨论：疼痛、酥麻、瘙痒，这三种感觉中哪种最难受？这个问题一被提出，我断然主张瘙痒最可怕。难道不是这样吗？我认为疼痛、酥麻都有一个自我感觉的极限，人即使受到击打、切割、折磨，当痛苦达到极限时，必定会丧失知觉，进入梦幻境界、达到升华状态，从而得以完全摆脱苦痛，是死是活也都无所谓了。可是瘙痒却如潮汐，起起落落、无穷无尽、曲折蜿蜒、蠢蠢欲动，其苦痛绝无到达顶点之时，因此不会令人丧失知觉，自然也绝不会有人因痒而死，而只能温水煮蛙似的受煎熬，所以无论怎么说，没有比瘙痒更难受的感觉了。我若在古代的法庭受拷问，任打任割任折磨，也不会因此就招供。在这过程中一定会昏厥，连续两三次的反复之后，我就会死去，不但不会招供，甚至还能以自己的一命换得志士的形象。但若有人拿来一个竹筒，里面装满跳蚤、虱子或者疥癣虫之类，威胁要撒在我的背上，我就会毛骨悚然、浑身发抖、打躬作揖、求饶招供，全无烈女形象。仅仅想到这些，我就心生厌恶、坐立不安。我在课间对同学们这么一说，大家也都无保留地表示共鸣。全班同学曾有一次被老师领着去上野的科学博物馆，我在三楼的标本室里放声尖叫，哇哇大哭。皮肤寄生虫的标本被做成蟹一样大小的模型，排列在架子上，像是装饰品。我大叫一声“混账”，恨不能拿根棍子把它们打个稀巴烂。三天过后，我仍浑身发痒、寝食难安。我甚至讨厌菊花，觉得那乱糟糟的花瓣像什么似的。哪怕看见凹凸不平的树干，我也毛骨悚然、浑身发痒。我不明白怎么有人能若无其事地大啖咸鲑鱼子。牡蛎壳、南瓜皮、碎石路、带虫眼的叶子、鸡冠、芝麻、扎染品、章鱼爪、茶叶渣、虾、蜂巢、草莓、蚂蚁、莲子、苍蝇、鱼鳞，所有这些都让我讨厌，连注音假名都讨厌，那小小的假名字母就像虱子一样。茱萸籽、桑葚全都让我讨厌。见到月亮的放大照片，我曾差点要吐。即便是刺绣，有的图案也会叫我不能忍受。正因我不能接受皮肤的毛病，自然就会用心防备，至今几乎不曾有过长东西的经验。结婚后我每天去浴室用米糠认真搓身，一定是搓得过分，生了这么一身疙瘩，让人悔怨交加。我到底做了什么坏事，神明也太过分了，竟让我长了最最厌恶的东西。明明还有那么多疾病，偏偏让我掉进了我最恐惧的深渊，宛如射中一个最小的靶，让我百思不得其解。

第二天微明时分我就起床，默默面对镜台，“啊”的一声呻吟。这不是我的身影，而是怪物。浑身像是被西红柿击中，颈部、胸部、腹部全都冒出豆大的疙瘩，奇丑无比，就像全身长出犄角，长出菌菇，全面迸发、无间无隙，让我想要大笑。这东西很快就向双腿扩展。我已非人，是鬼，是恶魔。让我就这样去死吧。不能哭，长成这样一副丑怪模样，即使哭哭啼啼，也非但不能让人同情，反倒越发像熟柿突然溃烂般悲惨到可笑可怜、无可救药。不能哭，要瞒住。他还不知道，不想让他看见。我本来就丑，再长这么一副烂肌肤，真就一无可取，成了废物，成了垃圾，变成这副模样，即便是他也再无什么语言可以安慰我，我也不愿别人安慰。如果面对这样的身体还说好话，我就要蔑视他，不，就要立刻和他分手。不可以安慰我，不可以看我，也不可以在我身边。我要找个更大的房子，一生离群索居。我若不结婚才好，最好死在二十八岁之前，最好十九岁冬天生肺炎时就不治而亡。那时要是死了，现在就不用如此痛苦、丑陋、忧心忡忡。我紧闭双眼，端坐不动，整个心都死去，除了急促的呼吸之外，周围世界悄寂无声，此前的我确已消失。我像野兽似的站起穿衣，深感拜衣服所赐，无论怎样可怕的胴体也可借以掩盖。我打起精神，走上晒台，狠狠地盯着太阳，不禁深深叹了口气。传来广播体操的口令声，我独自落寞地开始做操，小声叫着“一、二”，虽想强作精神，却突然自怜起来，无法继续做操，几乎要哭。大概是因为刚才猛地运动，颈和腋下的淋巴腺一阵钝痛，稍微一碰，发现又肿又硬。这时我站不住了，瘫坐在地。因为自己丑，我一直如此小心翼翼，隐身低调地活到今天，为何还要受此欺负？一阵不知冲着谁的焦灼般的愤怒喷涌而出。这时传来他温和的低语声：

“呀，你怎么在这儿呢？别垂头丧气的。怎么样，好些了吗？”

本想回答说已经好了，我却默默地拨开他轻轻放在我肩上的右手，站起身说：

“回家。”

此话出口，只觉得自己已经不认识自己，对于要做什么要说什么，我已不能负起责任，对自己、对宇宙都不再相信。

“让我看一下。”他的语气有点疑惑，声音压抑，仿佛来自远方。

“别。”我抽出身子，“这些地方都长出来了。”

我双手放在腋下，不管不顾地放声哭了起来。一个二十八岁的丑女，即使娇滴滴地哭泣，又哪有可以怜爱之处。尽管知道丑陋至极，我仍泪如泉涌，连口水都下来了。我真是一无可取了。

“好了，别哭了。我带你去看医生。”他的语气前所未有地坚决。

那天他也放下了工作，查看报纸广告，决定去看一家有名的皮肤科医生，我以前也曾听到过一两次那个医生的名字。我换穿外出的衣服时说：

“我的身子都得让他看到了吧？”

“是的。”他带着非常得体的微笑回答，“你别把医生当男人。”

我脸红了，有点高兴。

到了户外，阳光炫目，我觉得自己像一只丑陋的毛虫，希望在这毛病痊愈之前把这世界当作昏昏深夜置身自己。

“别乘电车。”结婚以来我是第一次如此奢侈、任性。疙瘩已延至手背。我过去曾在电车上见过一个女人有着一双这么可怕的手，然后就担心会被传染，觉得手抓电车吊带也是不卫生的。如今我的手也跟那个女人的一样，“流年不利”这句俗话从未像此刻这样让我刻骨铭心。

“我知道。”他爽朗地回答，让我乘上出租车。从筑地到日本桥高岛屋背街的医院只有一点点路程，我却似感觉坐在送葬车上，只有眼睛是活着的，呆呆地望着街道上初夏的装饰，为那些男女行人皮肤上没跟我长着一样的东西而感到极其不可思议。

到了医院，和他一起进了候诊室一看，这里与外界风景迥然有别，让我突然想起很久以前在筑地小剧场看过的话剧《底层》的舞台。外界一片深绿，光明炫目；这里不知何故，虽有阳光，却显微暗，湿冷逼人，酸味扑鼻。盲人们垂着头拥挤在一起，那些并非眼盲者也都给人残疾的感觉，老头老太人数之多令人惊讶。我坐在近门处的凳子端角，低头闭眼，像死人一样。突然想到这么多病人当中，我的皮肤病也许是最严重的，惊而睁眼抬头，偷偷打量一个个患者，还是没发现一个像我这样从外表就能看到皮肤长东西的人。我从医院门口的看板上才得知这家医院有两个专科，除了皮肤科，另一个专科的病种让人难以启齿。那边坐着一个年轻英俊、像是电影演员的男子，完全没有皮肤病的样子，也许就是来看另一种病的。这么一想，便觉得候诊室里垂头而坐的“死人”都是生的那种病。

“您出去散散步吧，这儿挺闷人的。”

“好像还得等很久呢。”

他已无聊地在我身边站了很久。

“是的。轮到我怕是要到午饭时分了。这里脏，您不能在这里。”

我的声音严厉，令自己都吃了一惊。他也老老实实地接受了，轻轻地点头说：

“你也一起出去吗？”

“不，不用了。”我微笑着说，“我在这里挺舒服的。”

就这样，我把他推出了候诊室，稍稍平静下来，又在凳子上坐下，倦倦地闭上眼。在旁人看来，我一定是个装模作样，耽于愚蠢冥想之中的大妈女士，但对我来说，这却是一种最自在的状态。“装死”——想到这个字眼，我就想笑。可是，我又渐渐担心起来。“每个人都有秘密。”我觉得这句不中听的话在我耳边嘀咕，令我心神不定。“难道这疙瘩也……”想到这，我顿时毛骨悚然。难道他的温柔和不自信都是出于这个原因吗？此时我才意识到自己的可笑，意识到自己对他来说从一开始就是不存在的。这种实感令我坐立不安。“我受骗了！”“骗婚！”——猛地想到这些严重的字眼，真想追上他，把他痛打一顿。我真蠢。尽管当初是在知道他并非初婚的情况下嫁给他的，可是现在突然想到这点，却难以忍受地窝心、怨恨、追悔莫及，前面那个女人也突然浓墨重彩地堵住我的心口，我开始真正觉得她可怕、可憎。我此前从不介意她的存在，如今却为自己的这种没心没肺而后悔莫及。太苦涩了，难道这就是嫉妒？如果是，嫉妒本身就是一种无可救药的狂乱，而且是仅限于肉体的狂乱，毫无美感，丑恶至极。这世间真有尚未被我所知的可憎地狱。我就不该生在这个世界。我觉得自己很可怜，慌乱地解开膝上的包袱，取出一本小说，随手翻开一页便开始读。《包法利夫人》，爱玛苦难的一生一直是我的慰藉，她的堕落之路对我来说最具女性特点，最为自然，就像水流低处一样，让我感觉到一种身体变得慵懒般的朴实。女人就是这么回事，具有一种不可告人的秘密，这偏偏就是女人的“天性”，可说每个人都注定有着属于自己的泥沼。对女人来说，眼下每一天的日子就是自己的全部，这与男人不同。女人既不考虑自己的身后之事，也无任何思索，唯愿实现一时一刻的美好，溺爱着生活以及生活的感触。女人爱着碗盏和图案美丽的和服，并将此作为自己生命真正的、唯一的意义所在。女人随遇而安，得过且过，夫复何求。女人若能以一种高级的现实主义态度对这种无理可喻和心性不定加以充分抑制和无情揭露，我们自己的身体又将何等轻松。遗憾的是，谁也不碰女人内心深不可测的“恶魔”，对其视而不见，各种悲剧因此而起。也许只有高深的现实主义才能真正拯救我们。坦白地说，女人在结婚翌日就可毫不在乎地去想别的男人，真是人心叵测。“男女七岁不同席”这句古训，突然以一种可怕的现实感冲击着我的内心，让我惊讶于日本伦理几乎是一种霸道的写实，而且惊讶得头晕目眩。其实谁都心知肚明，那泥沼自古就的的确确挖好在那里了。想到这，我的心情反倒少许安定、清爽了些。虽然浑身长满这么丑陋的东西，这位大妈却还这么多花花肚肠——我觉得自己既可怜又可笑，继续去读小说，读到鲁道夫悄悄贴近爱玛，飞快地嘀咕着甜言蜜语。此时我生出不相干的奇思遐想，不禁笑了起来。爱玛这时如果身上长了东西会怎样呢？这看似凭空而出的奇怪空想，却又是一种重要的观念（Idee），令我认真对待。爱玛定会拒绝鲁道夫的诱惑，她的命运也将变得完全不同。一定会是这样，一定断然拒绝。不过，以这样的身体状况，也确实只能如此了。这并非喜剧，女人的一生，常常取决于她当时的发型、衣物图案、瞌睡程度或者身体上的某些细节。曾有带孩子的女人，只因为自己实在瞌睡，就掐死了后背上吵闹烦人的孩子，更何况皮肤上的这种东西，不知会怎样逆转一个女人的命运，扭曲一段爱情剧呢。我设想这种可能：在终于来到的结婚式前夜，身上出人意料地长出这种东西，没等回过神来就遍布胸部和四肢，那将如何？皮肤上的这种东西真的不是平时可以小心提防的，它被我看作天意使然，让我感到老天的恶意。曾有这样的悲剧：一个女人欣喜地在横滨码头迎候分别五年后回家的丈夫，正当内心雀跃之时，面部要紧之处长出了紫色的肿块，在摸弄这肿块的时候，这位年轻夫人已经化身为惨不忍睹的“岩夫人”。男人对身上长的东西可以满不在乎，可是女人却是仅凭皮囊而活的，不承认这点的女人都在说谎。我不很了解福楼拜，但他像是个绵密的写实主义作家，写过这样的场面：查理要吻爱玛的肩，爱玛拒绝道：“别，弄皱了衣服！”他既然有着如此无微不至的观察力，又为何不去写写女人患皮肤病的痛苦呢？难道是男人实在不能理解那种痛苦，抑或是福楼拜这样了不起的人物虽已洞察，却因其不洁，实在不够浪漫，所以故作不知而回避呢？若是回避，他就过于狡猾了。太狡猾了！假使我在结婚前夜或是与分别五年、思念万分的人临将重逢之时，身上突然长出丑陋的不明之物，我一定要死。我会出走、堕落、自杀。女人就是靠着美的愉悦而活着，哪怕那种愉悦只是瞬间、瞬间的感觉，至于明天如何——

这时房门轻轻打开，他伸进那张松鼠似的小脸，用眼神问我是否还没轮到。我用轻佻的手势向他招手：

“我对你说……”

意识到自己的嗓门大得粗鲁，我耸耸肩，尽量压低声音：

“我对你说，女人若对明天已抱无所谓的态度，这样的女人是最有女人味的。你不这样认为吗？”

“你说啥？”

看到他那失措模样，我笑了：

“是我不会表达，让你听不懂了。没啥，我在这种地方坐了一会儿，似乎人又变了。这种底层的地方，好像还是不能待呀。我不够坚强，所以容易受周围空气的影响，很快就习惯于周围环境。我变得俗气了，内心一下子就变得无聊、堕落，已经完全是个……”

话到此戛然而止。“婊子。”我想说出这个字眼。这是女人永远都不该说的字眼，而在这种情况下又必定会被这个字眼困扰。女人在尊严丢失殆尽时，一定会想到这个字眼。我渐渐对现状依稀有了了解，觉得自己被身上这东西搅得失去了心智。我此前一直自称丑妇，装出一副对一切都不自信的样子，现在我知道，其实我对自己的皮肤还是暗中怜爱的，它是我唯一引以为豪的东西。我意识到曾自诩的谦让、谨慎、忍从等等，其实都是靠不住的假象，其实我是个仅凭感觉、感触的一喜一忧而生存的可怜女子，就像盲者一样，这感觉、感触无论怎样敏锐，也只是动物式的，与睿智全无关系。我清楚地知道自己只是个愚钝的白痴。

我错了，但我难道不是还把自身感觉的细腻看作一种高尚，误解为一种聪明，借以暗暗自慰吗？结果，我也不过是个愚蠢、白痴的女人罢了。

“我想了很多。我是个笨蛋，从里到外已经狂乱。”

“别太为难自己了。我懂你。”他答道，带着善解人意的笑容，像是真的懂我，“喂，轮到咱们了。”

我们被护士领到诊察室。我咬咬牙解开衣带露出肌肤，扫了一眼自己的乳房，像是看到了石榴。比起眼前坐着的医生，更让我尴尬数倍的是被背后的护士看见。医生已经不被我看作人，就连他的模样都不太清楚。医生也不把我当人，前前后后地摆弄我。

“是过敏。吃了什么不好的东西吧？”医生语气平静。

“会好吗？”他代我问医生。

“会好的。”

我茫然地听着，仿佛自己并不在场。

“她一个人躲着哭个不停，让人看着都难受。”

“很快就会好的。打针吧。”医生站起身说。

“没别的问题吧？”他问。

“当然。”

打过针，我们出了医院。

“手上已经好了。”

我反复地把双手对着阳光看。

“开心吧？”

被他这么一问，我不好意思了。

一九三九（昭和十四）年十一月作

蛐蛐

我们分手吧。您净说谎言。或许我也有不当之处，但我又不知自己错在哪里。我已二十四岁，到了这个年龄，即使被告知有什么不对，也已不是立刻就能改正的了。若非死过一回后再像基督那样复活，我是没法改正的。我觉得自己寻死是最大的罪孽，所以我还想活着去做努力，而与您分手就是我正确的生存之道。我害怕您。在这个世界上，也许您的生存之道是正确的，但我却实在无法照您那样活下去。我在您身边已经五年。十九岁那年春天与您相亲后立刻就到了您的身边，几乎是只身一人而别无所有。现在我不妨告诉您，当时我父母都是竭力反对这桩婚事的。弟弟那时刚进大学，也一脸的不悦，像个小大人似的问我："姐，能行吗？"有一件事因为怕您不高兴，我从来没对您说，其实当时还有两个别人介绍的对象。如今记忆已经淡薄，只记得其中一位听说是刚从帝国大学法律专业毕业的少爷，有望成为外交官。相片我也见过，一副乐观开朗的样子。这是住在池袋的大姐介绍的。还有一位是在家父公司供职的技师，近三十岁。已是五年前的事，所以也已不大记得清，好像是大户人家的长子，听说人也很踏实。大概家父比较中意，我父母都热心地支持这桩婚事，但我好像没看他的照片。这些事情都已随它去了，我也不想再遭您嗤笑，只是把自己还记得的事情说个清楚而已。现在提及这些事情，绝非出于对您的厌弃，请您相信这一点。我很困惑。我从未有过悔不另攀高枝之类不贞的荒唐念头，从未考虑过除您之外的人。请您别像平时那样笑我，我说的都是真话，希望您能听我说完。不管那时还是现在，我从没想过跟您以外的其他人结婚，这是非常明确的。我从小就最讨厌做事首鼠两端。那时父母和池袋的大姐都对我说了很多，劝我不妨去见一面，可是对我来说，相亲与结婚没什么区别，所以不能轻易答应。我根本不想跟这样的人结婚，设若他们真像大家说的那样无可挑剔，那么除了我，他们应该还可找到很多好的对象，这让我觉得实在没劲。我自己呆想，我要嫁的人是那种在这个世界上（一说这种话您就会笑的）除了我之外再也找不到老婆的人。正好那时您那边要来提亲，因为话说得很没礼貌，我父母从一开始就不乐意。可是那个古玩商但马先生来我父亲公司卖画，一阵闲扯之后，随口说了一句玩笑话："这幅画的作者今后肯定能成器，你家小姐能否考虑一下？"父亲当时一听了之，只是把画买下，挂在公司接待室的墙上。两三天后但马先生又来了，这次应该是来正经提亲了吧，谁知还是那样无礼。如果说居然有如此充当使者的但马先生，那么也是因为居然有您这样的人会把这种事情托付给这样的但马先生，弄得我父母瞠目结舌。可是后来问了您，我才明白您对此一无所知，全是但马先生自己的一腔忠义。我们多承但马先生关照，您如今的出人头地也是靠他的庇荫，他对您寄予厚望，对您尽心尽力，已超脱了那种生意关系。您今后也不能忘了他。那时听了但马先生唐突的提亲，我既有点意外，又突然生出与您见面之意，而且心存欢喜。我有天悄悄去了父亲公司看您的画。当时的情况我告诉过您吧？我装作有事去找父亲，进了接待室独自仔细地看您的画。那一天，十分寒冷。我站在宽敞而没有热气的接待室里，瑟瑟发抖地看着您的画。那幅画画的是一个小庭院和阳光照进的檐廊，檐廊上放着一个白色的坐垫，但没人坐着。画的颜色只有蓝、黄、白。看着看着，我受到一种强烈的震动，简直难以自已，觉得懂这画的人非我莫属。我这话是认真的，您不可笑我。见了那画之后的两三天里，无论白天还是夜晚，我都浑身发抖，难以自禁，觉得非您不嫁。虽然为自己的轻浮而臊得浑身发烫，我还是向母亲说出了自己的心愿。母亲表现得非常反感，但我决心已定，所以并没放弃，而是直接答复了但马先生。但马先生大喝一声“了不起”，站起身时竟被椅子绊倒，可是当时我俩都丝毫没笑。后来的事情您应该都很清楚了，我家对您的评判每况愈下，诸如您是擅自从濑户内海的老家跑到东京，双亲和亲戚人人都嫌弃您；您好酒；您从无作品参展；您好像是左翼分子；您是否真从美术学校毕业都值得怀疑；其他还有许多不知从哪里调查到的事情，父母都一一说给我听，还训斥我。可是在但马先生热心的游说下，事情还是发展到了见面相亲的阶段。我和母亲去了一家卖食品的百年老店二楼。您是我想象的那种类型，整洁的衬衫袖口令我赞赏。我端起红茶时故意抖了一下，勺子在碟子上发出声响，令大家都很尴尬。回家后，母亲更加使劲说您坏话。您只顾抽烟，很少与母亲说话，这大概是她最不满意的。面相不好也是她常常提起的，据说是没有前途。可是我已决心要跟您，固执己见并终于取得胜利。与但马先生商量后，我几乎是只身一人到了您身边。对我来说，在淀桥公寓生活的两个年头是最快乐的一段时光，对明天的展望每天每日都充实着我们的心胸。您只顾埋头画自己喜欢的画，全然不去关心展会和权威的姓名之类。越是贫穷，我越是满心喜悦，无论是当铺还是旧书店，都和记忆中的遥远故乡一样让我感觉亲切。真正一贫如洗的时候可以尝试自己所有的能力，让人精神振奋。有什么比没钱时的三餐更有乐趣、更美味的呢？我不是不断地发明了好吃的料理吗？如今却不行了，一想到要吃的东西都能买到，就再也不会有任何创意出现，到了市场我也头脑空空，只能买些和身边大妈们一样的东西回家。自您突然成名，从淀桥那里的公寓搬来三鹰町这里住下以后，就再也没有什么开心的事情了。我无处发挥自己的本事，您突然变得伶牙俐齿，对我百依百顺，却让我觉得自己像一只家猫，始终处于困惑之中。我没想过您会发迹，在我心目中，您就是那个贫困一生，自己喜欢什么就画什么，被世上所有人嘲笑却又安之若素，不向任何人低头，偶尔喝点爱喝的小酒，不被俗世污染地度过一生的人。我是不是太蠢了？但无论那时还是现在，我都相信这个世上至少还有一个如此美好的人，除我之外，谁也看不到他头上的桂冠，都视他如庸人，没有女人会嫁他，服侍他，所以我要去为他奉献一生。我觉得只有自己知道您就是那个天使。可是结果怎样？您突然发迹了，我却不知何故而无地自容。

我并非憎恨您的出人头地，您那些充满哀怨感的画渐渐被许多人所爱，我知道后开心得想哭，每夜都暗自感谢神明。住在淀桥公寓的那两年间，您随心所欲地画自己喜欢的公寓后庭，画新宿深夜的街道，在钱就要花尽的时候但马先生来了，留下一笔可观的钱，换走了您的两三幅画。当时您对钱的事情毫不在意，却因自己的画被但马先生拿走而一副失落的样子。但马先生每次来时都会悄悄把我叫到走廊，必定是一本正经地先鞠躬致意，说一声“请多关照”，然后把一个白色的信封塞到我的和服腰带间。您总是一副不知道的样子，我也不会做出立刻查看信封内容那样有失体统的事，因为觉得有钱没钱都能过。我也从来没向您报告得了多少钱，因为不想玷污您。我真的从来不曾要求您赚钱或出名。我觉得像您这样不会说话、行事粗鲁的人（请原谅我这么说）既不会成为有钱人，也绝不会成名。可是，这一切仅是表象而已。为什么，为什么？

自从但马先生邀您举行个展，您变得注意修饰自己了。您先是去看牙医，您的虫牙多，笑起来像个老头子，可是您毫不在意。我劝您去看牙医，您却净跟我打趣，说什么装了金光闪闪的假牙招了女孩子喜欢可不好办，还是等全部掉光了再装满口牙吧。以前如此不注意打理牙齿，却不知是哪阵风吹来，您抓住工作间隙，一次又一次地出去，然后一颗两颗地镶着金光闪闪的假牙回来。我让您笑一笑看看，您就会涨红着胡子拉碴的脸，用一种少见的怯懦口吻辩解说，都是但马那家伙非要您去镶的。个展是在我去淀桥之后第二年的秋天举行的，我为此而高兴。您的画能多被一点人喜爱，我怎么会不高兴呢？那不正证明了我有先见之明吗？可是看到报纸那样高度赞赏，听说参展的作品全部售罄，名人大家也写信过来，一切都过于顺利，我感到害怕了。您和但马先生都竭力劝我去展场看看，我却只是全身发抖，躲在房间里做编织活。您的二三十幅画挂在那里供一大群人欣赏，哪怕是想象一下这幅情景，我都有想哭的感觉，甚至想到好事来得太快，必有坏事要来。我每晚都向神明谢罪，祈求说："幸福已经太多，今后请保佑他无病无灾。"您每晚都被但马先生带去各种名人处应酬，有时第二天早晨才回来。我虽从不多想，您却把前一天晚上的事都详尽地说给我听，诸如某先生如何如何，某人是个蠢货，等等，完全不像您平时寡言少语的样子，开始变得絮絮叨叨。在这之前的两年间，我跟您在一起时，从未听您说过别人坏话。您从前不是总以唯我独尊的态度，对某先生如何如何从不在意的吗？您可能是想用这些话来竭力让我觉得您前一天晚上没做什么亏心事，其实即使您不拐弯抹角地做这些心虚的解释，我也并非不明事理的人，您还不如对我坦诚相告，我即使一时心中不自在，日后反倒会变得轻松，因为自己反正已是您一辈子的老婆了。在这些事情方面，我虽对男人不太相信，但也不会疑神疑鬼。如果仅是这些事情，我可以毫不担心，可以一笑了之，可是另外还有让我更加难受的事情。

我们很快成了有钱人，您也成了大忙人，被二科会吸收成为会员，于是您便耻于住在公寓小屋。但马先生也频频劝您搬家，给您出馊点子说，住在这种公寓里会降低自己在社会上的信用度，首先画的价钱就上不去，还是要咬咬牙租一处大房子。连您也兴致勃勃地表示赞同，说住在这种公寓里会被人瞧不起。这些上不了台面的话令我愕然，并生出一种强烈的孤独感。但马先生骑着自行车到处打听，找到了三鹰町的这处房子。年底我们带着一点点东西搬到了这个大而无当的房子。您在我不知道的时候去商场买了好多豪华的家具用品。当这些东西一件件地被快递送来时，我心里堵得慌，然后就是悲哀，因为我们从此与这里的许多暴发户毫无二致。尽管如此，可恶的是我还要在您面前尽力做出欢天喜地的样子，不知不觉间成了自己厌恶的那副“太太”嘴脸。您甚至提出要雇女佣，唯有此我是坚决反对的，我不能使唤别人。搬来后，您立刻印了三百张兼作搬家通知的贺年片。三百张，您不知什么时候有了这么多熟人。我觉得您已开始了危险的走钢丝游戏，并因此而忐忑不安，担心马上必有坏事发生。您不属于那种能以如此庸俗的交际而取得成功的人。我虽每日提心吊胆、惴惴不安，您却不仅没出问题，而且好事不断。难道是我错了？我母亲也常常来这个家里走动了，每次都带来我的衣物或存折之类，心情很是不错。听说父亲起初很不开心地把公司接待室的那幅画取下收进公司储藏室，这次却把它拿回家，换了个好镜框挂在自己的书房。池袋的大姐也来信夸奖您的成功。家里客人也多了起来，有时挤满了客厅，这种时候，我在厨房都能听到您开朗的笑声。您真变得话多了，而以前却是那样沉默寡言，不禁令我一心以为您本是通晓一切，只是因为觉得曲高和寡才沉默至今的。可是事实好像并非如此，您在客人面前说的话其实非常无聊。您会把前一天刚从别的客人那里听来的评画之论当作自己的见解装模作样地复述一遍。此外，如果我对您谈过一点自己读小说后的感想，您第二天就会满不在乎地对客人大谈什么莫泊桑毕竟还是畏于信仰之类的话题。我端茶到客厅时听到您如此照搬我的一孔之见，甚至会羞得呆立在那里，不知怎样是好。您以前其实是什么都不懂的。抱歉。我虽也什么都不懂，但至少还想说自己的话，而您呢，难道真的没有自己的嘴吗？否则怎么会净鹦鹉学舌呢？尽管如此，您还是莫名其妙地成功了。这一年您在二科会的画甚至获得了报社的颁奖。这家报纸用了一连串令我羞于启齿的最高级赞誉之词，诸如孤高、清贫、思索、忧愁、祈愿、夏凡纳等等。您跟客人后来谈起报纸的这篇报道时，若无其事地说这些评价比较准确。真不知您怎么能这么说。看看存折好吗，我们并不清贫。自从搬来这里，您就像变了个人似的把钱挂在嘴上。客人来求画，您必会毫无顾忌地开价，并对客人说，先把话讲在明处，免得以后发生龃龉，这样对双方都有好处。我偶然听到这话，还是觉得心里不舒服，不明白为什么如此死抠钱眼。我认为只要画出好画，日子总是有办法过的。做一份好的工作，在默默无闻的情况下过一种清贫而节俭的生活，还有比这更幸福的事情吗？我不要钱，什么都不要，只想心中保持一种远大的自尊，无声无息地活着。您发展到了要查我钱包的地步。一有进账，您就把它分成两份，分别装进您的大钱包和我的小钱包。您的大钱包只装五张大纸币，我的小钱包里则放一张叠成四层的大纸币，余下的钱存到邮局或银行。我只是在一旁看着您做这些事。有一次我忘了锁上放存折的书橱抽屉，您发现后埋怨我，一副不高兴的样子，让我十分沮丧。您去画廊收款后总是要到第三天左右才回来，深更半夜醉醺醺地大声打开玄关门，没等进门就说：“喂，还剩三百日元，你来数一数！”我听了这话心里难受：钱是您的，您怎么花都行。您也会有难得心情大好而想痛快花钱的时候，哪怕把钱用光，难道我会因之而失望吗？我虽也知道钱的好处，但并非整天想着这事。留下三百日元，然后就得意扬扬地回来，您的这种心态实在让我失落。我一点也不爱钱，也没想过要买什么、吃什么、看什么，家里的东西大多是废物利用，衣服都是重染重改，可以一件也不用买。我怎么都能对付着过，连一个毛巾架也舍不得买新的，因为觉得没必要。您常带我去市内吃高档的中华料理之类，我却觉得食之无味，总是提心吊胆地不踏实，真的觉得过于浪费、可惜。比起三百日元和中华料理，您若能在咱家庭院搭个丝瓜棚会让我开心得多。家里八铺席面积的檐廊西晒阳光强烈，我觉得非常适合搭个丝瓜棚，可是无论怎样求您，您也不肯自己动手，说可以请花木店的人来做。我不喜欢摆出一副有钱人家的派头雇花木店的人，还是希望您做，您却只是嘴上答应来年再说，结果等到今天仍没动手。您为自己舍得大手大脚地花钱，而对别人的事情则总是视而不见。有一次朋友雨宫先生因太太生病来借钱，您故意把我叫到客厅，一本正经地问我家里现在有没有钱，我实在觉得荒唐可笑，竟一时不知所措，红着脸无以为对，您却调侃似的说："别瞒我了，你那里二十来日元总能翻得出来吧。"二十日元？我愣住了，重新看您的表情。您扬起一只手挥了挥，像是要拂去我的视线，说："得了，借给我吧，别那么小气了。"然后又朝向雨宫笑着说："我俩到这种时候手头都紧了，真没办法。"我目瞪口呆，什么也不想说了。您根本不清贫，至于"忧愁"之类，现在的您身上还有如此美好的影子吗？您现在是个与之相反的乐天派。您不是每天早晨都在卫生间高唱小调，害得我在邻居面前都不好意思吗？求求您了，“祈愿”“夏凡纳”，别糟蹋这个名字了。至于什么“孤高”，难道您没发现这种印象只存在于您周围的那些追随者之中吗？您被来咱家的客人们称为“老师”，在他们面前挨个批评别人的画，认为没人可以与您比肩。如果您真的这么想，何必非要用这样信口开河的非议来获取客人们的认可呢？您是希望得到客人们的赞同，哪怕这种赞同仅限于眼下的场合。这能算是孤高吗？您何必非要这样让来访的人佩服您呢？您的假话实在太多。去年您退出二科会，组织什么“新浪漫派”团体时，我独自为此非常担心。您却暗自开心，召集了一批以前被您看不起的人，组成了那个团体。您全无定见，可是在这个世上，也许还是您那样的生存方式才是正确的。葛西先生来的时候，您跟他说雨宫先生的坏话，时而愤慨时而嘲笑。待雨宫先生来时，您又对他客气有加，颇为感慨地说只有他才是朋友云云，听起来完全不像假话，然后就开始非议葛西先生的态度。难道世间的所谓成功者都是像您这样生活的吗？更让我恐惧和不可理解的是，您却过得一帆风顺。一定会有祸事发生，希望能有祸事发生。我甚至在内心深处祈愿：为了您，为了证明神的存在，最好能有祸事发生。可是，别无祸事发生，一件也不曾发生，一切都依然如故，好事连连。您的团体举办的第一次展会获得好评，您画的菊花被客人们赞为“心境越发清澄”“散发着高洁爱情的馥郁”等等。我实在不能理解事情怎么会发展成这样。今年新年，您第一次带我去那位有名的冈田老师家拜年，据说他是您作品的最热心的支持者。老师虽是那样的大家，住房却比我家小。他那肥硕的身躯给人纹丝不动的感觉。老师盘腿而坐，透过眼镜盯着我看，那双大眼才配“孤高”二字。我的身体微颤不止，恰如在父亲那冷飕飕的接待室里第一次见到您的画时那样。老师无拘无束地跟我闲谈，一见到我就打趣说：“嚯，好一位夫人，像是武家出身的呀。”您一听就很认真地说：“是的，她母亲是士族。”语气不无自豪，让我一身冷汗。我的双亲都是地道的平民，母亲怎么会是士族了呢？您如今受人吹捧，我母亲在您嘴里也就变成了华族，真让我害怕。没想到冈田老师那样的人物竟也没看穿您的谎话。难道世间所有的人都是这样的吗？冈田老师三番五次体恤地提及您最近工作一定很辛苦，让我想起您每天早晨唱小调的情景，不由自主地觉得滑稽，屡屡想要发笑。离开冈田老师家还没走出一条街，您就用脚踢飞地上的沙土，不屑地说：“呸！就知道讨好女人。”让我大吃一惊。您真卑劣，刚在那位了不起的老师面前点头哈腰，一转脸就说出这种脏话，真是疯了。从那时起，我就想要跟您分手。我已经忍无可忍，觉得您一定是错了。我希望会有祸事发生，可还是什么都没发生。您大概忘了但马先生的恩情，跟朋友说什么“但马这蠢货又来过了”，后来但马先生大概也知道了这话，有一次大摇大摆地从厨房后门进来，一边还笑着说：“但马这蠢货来了。”我已经完全不懂你们的事了，不知做人的体面到底何在。我们分手吧。我觉得你们都在合伙作弄我。前些天您在电台谈新浪漫派的现实意义，我在家里起居室读晚报时无意中听到广播里提到您的名字，接着就传出您的声音。我觉得那似乎是别人的声音，浑浊而不洁，令我讨厌这个人。我可以远远地对您这样的人进行明确的批评。您就是一个凡人，今后大概还会飞黄腾达，但也毫无意义。听您说到“我之所以有今天……”时，我立刻关掉了收音机。您究竟想怎样呢？要点脸好吗？请您以后再也别用这种可怕的不明智的话语了。啊，您最好尽早栽点跟头吧。那天晚上我早早睡下，关了灯一个人仰面躺着，脊梁下方有蛐蛐在拼命地鸣叫。这虫是在地板下面叫，但因为恰好位于我脊梁的正下方，让我觉得像是脊骨里有小蛐蛐在叫。我想，这幽幽的声音将锁在我的脊骨中存在下去，令我终生无法忘却。我还想，在这个世上，您一定是对的，错的是我，可是我怎么也不明白自己错在哪里，错成怎样。

一九四〇（昭和十五）年十一月作

千代女

女人毕竟没用。或许在女人当中，只是我这个女人不行，反正我对自己的无能有着切肤之痛。话虽这么说，却另有一种暗黑而顽固的东西根深蒂固地盘踞在我内心一隅，觉得自己总有一点可取之处。这种想法慰藉着自己，让我越发不知所措。我如今像是被一口生锈的铁锅扣在头上，觉得不胜其负、难受不堪。我定是头脑坏了，真是头脑坏了。我来年十九岁，已经不是孩子了。

十二岁时，我的舅舅柏木把我的作文投稿给《青鸟》杂志，结果获得一等奖，一位了不起的评委老师还把我的文章猛夸了一通，从此我就不行了。当时的作文让我汗颜，那样的东西当真不错吗？究竟好在哪里呢？那是一篇题为《跑腿》的作文，写了一件小事——我帮父亲去买“蝙蝠”牌香烟时的事。烟店的大婶给了我五盒烟，我觉得全是绿色盒子太单调，于是还给她一盒，请她换成红盒装的，结果钱不够了。我正犯窘时，大婶笑着讲：“下次再说吧。”我很开心，绿盒子上压着一个红盒子，放在手心中像樱草一样漂亮，让我的心怦怦乱跳，简直迈不开脚步。写的就是这样一件事情，未免过于幼稚和矫情，所以如今回想起来，只觉不爽。那次过后，我又在柏木舅舅的建议下投了一篇题为《春日町》的作文，结果这次不再是用在《读者来信栏》中，而是以大铅字印在杂志首页。《春日町》写的是：原来住在池袋的婶婶搬家到了练马的春日町，说是新家有个大院子，一定要我去玩一次。我在六月第一个周日从驹込站乘省线电车，在池袋站换乘东上线在练马站下车后，所见之处是一片农田，我弄不清春日町在哪里，问了在田里干活的人，也都说不知道。我急得要哭，那天很热，我最后问了一位四十来岁的男人，他拖着一辆装满空汽水瓶的二轮车在走，这时停下脚步，笑得有点落寞，用脏得发灰的毛巾擦着脸上滚滚而下的汗水，嘴里嘀咕了几遍“春日町”，一面苦苦思索，然后告诉我春日町很远，要从练马站乘东上线去池袋，在池袋换乘省线到新宿站，再换乘往东京站方向去的省线，在一个叫水道桥的地方下车。他用生硬的日语费劲地介绍了这么一段遥远的路程，其实说的是去本乡的春日町的路线。我一听便立刻明白这位是朝鲜人，也因此心中充满了感激之情。如果遇见日本人，他即使知道也会嫌麻烦而称不知，倒是这位朝鲜人，哪怕不知也要设法告诉我，汗滴滴地使劲说个不停。我说了声“谢谢大叔”，便依着他的指点去练马站乘东上线回家，路上真想直接乘到本乡的春日町。回到家后有种莫名的伤感，觉得心里不舒服。我如实地写下了这事，结果被印刷成大大的铅字，刊载在杂志首页，变得不可收拾。我家住在泷野川的中里町，父亲是东京人，母亲却出生在伊势。父亲在私立大学教英语。我没有哥哥姐姐，只有一个身体羸弱的弟弟，他今年上了市立中学。我绝不讨厌自己的家庭，但还是觉得十分寂寞。以前就好，真的很好，我在父母面前可以任意撒娇说笑，让家中充满笑声。我还曾是个好姐姐，对弟弟温柔和善。可是自打那篇作文被《青鸟》杂志刊用后，我突然变成一个胆怯、讨厌的孩子。我甚至跟母亲拌嘴。《春日町》在杂志发表时，评委岩见老师写了一篇读后感，篇幅相当于我这篇作文的两三倍，我读了后心里很不是味儿，觉得老师被我骗了。我认为岩见老师的心灵比我美好、单纯得多。后来在学校里，班主任泽田老师又在作文课时把那期杂志带到教室里来，把我的《春日町》全文抄在黑板上，非常兴奋地把我表扬了一个小时，那声音简直像是在训话。我喘不过气来，眼前一片晦暗，心中一片恐惧，只觉得自己的身体渐渐僵硬成一块石头。我明白自己不配受到如此夸赞，担心今后作文写得不好会被大家笑话，那该多难为情，多让人难受。我净想着这些，觉得生不如死。尽管还是孩子，我也大致察觉泽田老师未必是真心欣赏我的作文，只是因为它被印刷成大铅字登在了杂志上，又被有名的岩见老师称赞，所以才那样兴奋。想到这，我越发落寞难耐。我的担心后来果真全部应验，令人感到痛苦，可耻的事情接连发生。同学们突然与我疏远，连平素与我关系最好的安藤也恶意地用挖苦的口吻称我为

“一叶”“紫式部”，最后终于弃我而去，加入了自己过去最为厌恶的奈良和今井她们那一伙人。她们远远地偷眼看我，然后叽叽咕咕地议论着什么，其间还会一起“哇”的一声，用一种下流的方式起哄。我决心此生再也不写作文，悔不该一时糊涂，在柏木舅舅的鼓动下去投稿。柏木舅舅是母亲的弟弟，在淀桥的区政府任职，今年三十四五岁，去年已经有了孩子，却仍将自己当小伙子，常常酗酒，好像还丢掉过饭碗，每次来我家总要从母亲那里讨点小钱回去。我听母亲说过，他进大学时想成为小说家，曾用功过，也得到过学长的期待，后来却因交友不慎而中途退学。无论是日本小说还是外国小说，他好像都读了不少。七年前就是这位舅舅硬要我把自己一篇不像样的作文投给《青鸟》杂志，后来的七年间，又是这位舅舅一直找机会来折磨我。我本来就不喜欢小说，尽管现在情况不一样了，但那时我那种幼稚的作文两度被杂志刊载，我因此受朋友欺负，又被班主任另眼相看，弄得苦不堪言，真对作文起了厌恶之心，之后不管柏木舅舅如何花言巧语，我也决不再去投稿，若被逼得紧了，我就大声哭泣。即使在学校的作文课上，我也一字不写，只在作文本上画些圆圈、三角或者女孩头像之类。泽田老师把我叫到办公室去，教训我要自重，不可自满。我虽觉得不好受，好在很快就从小学毕业，总算可以逃脱这种折磨了。进了御茶水女子学校后，班上没人知道我那无聊的作文曾经被选中的事，我因此如释重负，作文课上写得轻松，所得分数也平平常常，唯有柏木舅舅总是取笑我，让人生厌。他每次来我家总要带来三四本小说，再三要我去读。我即使读了，也总觉得深奥难懂，于是就装作读过了，把书还给舅舅。我升到女校三年级时，《青鸟》杂志的评委岩见老师突然给我父亲来了一封长信，信中一本正经地写了一番令人惶恐的客气话，让我羞愧得难以转述，无非是夸我才能难得，不该白白被埋没。他劝我再写点东西试试，他可帮我在杂志上发表。父亲默默地把信给我，我读了后觉得岩见老师真是一位态度认真的好老师，但也从这信的字里行间清楚地看到了舅舅多管闲事的种种计谋。他一定是凭借什么小把戏跟岩见老师套上了近乎，让老师给我父亲写了这样一封信。“舅舅这下一定开心了。他为何要做这种可怕的事情呢？”——我带着这样的心情抬头望着父亲的脸，真想哭一场。父亲像是看透了我的想法，微微点头说：“柏木弟弟这样做应该也没什么恶意，但咱们可就难对岩见先生交代了。”父亲的语气不大高兴，他以前好像就一直不太喜欢柏木舅舅，我的作文被选中时，母亲和舅舅都欢天喜地，只有父亲训斥舅舅不该做这种刺激性强的事情。这话是后来母亲在我面前发牢骚时说给我听的。母亲虽然总说舅舅的坏话，可是父亲一说舅舅的不是，她就大发脾气。母亲是个和善开朗的好人，可是一遇到舅舅的事，她就常跟父亲争执。舅舅是我家的恶魔，在收到岩见老师那份亲切的来信两三天后，父亲与母亲终于发生了严重的争执。父亲说：“岩见先生既然表达了那样一番诚意，咱们也不能失礼。我觉得应该带着和子去道歉，顺便也好好向他解释一下和子的想法。如果只通过写信的方式，容易产生误解，让他不高兴，那就不好了。”听了这话，母亲低头略作思忖后说：“是我弟弟不好，真的给大家添麻烦了。”然后抬起头来，用右手小指往上拢了拢鬓角的散发，说：“咱们是不是有点傻呢？和子受到那么有名的老师赏识，我就起念想让他以后也多关照一下；既然孩子有发展潜力，我就想让她发挥出来。和子一直以来总受你训斥，你是不是有点过于顽固了呢？”母亲语速很快，还带着点嘲笑。父亲停下筷子，用教训的语气说：“即使让她发挥，也成不了气候。女孩子的文才是有限的，即便一时冒尖而引起轰动，结果也只会毁了她的一生，连和子自己也害怕呢。女孩子有个平凡的婚姻，做一个好的母亲，那就是最好的人生了。你们是想利用和子来满足自己的虚荣心和功名心。”母亲根本不去理会父亲的话，伸手拿起我旁边炭炉上的铁锅，“哐当”一声掼在地上，“啊”的一声把右手的拇指和食指搁在嘴边，掉过脸说：“嚯，真烫。我给烫着了。不过，我弟弟也不是出于恶意。”父亲这下把碗筷都搁下了说：“还要我说多少遍才明白？你们是在利用和子呢。”他的声音很大，左手轻轻按着眼镜还要往下说时，母亲突然哭出声来。她用围裙擦着眼泪，毫无顾忌地说了一些事情，诸如父亲的工资、我们做衣服的花费之类，总之都跟钱有关。父亲嘟了嘟嘴示意我和弟弟离开，我便带着弟弟去了书房，然后听见客厅那边争吵了一个小时。母亲平时是个非常开朗、爽快的人，可是一激动就净说些让人听不下去的极端话语，令我很是难过。第二天，父亲下班后好像去岩见老师家道了歉。那天早晨，他曾劝我跟他一起去，我却莫名其妙地害怕，下唇瑟瑟发抖，实在没有勇气去。父亲晚上七点到家，告诉我和母亲，岩见先生虽还年轻，却是个了不起的人，不仅能充分理解咱们的想法，甚至反倒主动向父亲道歉，并说自己其实也不太建议女孩子搞文学。岩见先生虽然没明确点名，但听得出他果真是因为柏木舅舅的再三请求而无奈地给父亲写了信。我掐了掐父亲的手，便见他悄悄眨了眨眼，透过眼镜片对我微笑示意。母亲好像把什么都忘了，态度平静地对父亲的话频频点头，没有再说什么。

之后的一段时间里舅舅也难得一见了，即使来一趟也很快就回去，对我一副很生分的样子。我把作文的事忘得一干二净，放学回家就打理花坛、跑腿购物、在厨房打下手、给弟弟当家庭教师、做针线活、为母亲按摩，忙忙碌碌地为大家服务，日子过得挺有劲的。

风暴还是来了。那是我读女校四年级时的事，新年里小学的泽田老师突然来我家拜年，父母既感到难得，又觉得亲切，都开心得不行。泽田老师说自己早已辞了小学的工作，如今到处给人做家庭教师，日子过得优哉游哉。可是以我的感觉——尽管有点失礼了——他不像是优哉游哉的样子。他应该跟柏木舅舅差不多年纪，却总像四十出头乃至已近五十了。以前他就显老，可这四五年不见，却像是老了二十来岁，一副疲惫不堪的样子，连笑的力气也没有了，又要强作笑颜，于是脸上堆起了苦涩生硬的皱纹，与其说是令人同情，莫若说是生厌。虽依旧是一头短发，但明显添了不少白发。与以前不同的是，他净不着边际地说些讨好我的话。我先是不知所措，继而就觉得难受了。他夸我聪明、端庄，那种露骨的奉承让人听不下去，把我当他的上司一样恭敬相待。他向我父母絮絮叨叨地谈我小学时的往事，简直令人生厌。他甚至提起了我好容易才忘掉的作文，说我人才难得，那时他不太关心儿童作文方面的问题，不知道有一种教育方式可以通过作文来让童心得以发展，现在不同了，他对儿童的作文方法做了充分研究，在这方面也有了自信。他还说："怎么样？和子，愿不愿意在我新的指导下重新学写文章？我一定……"他已喝得烂醉，说话时一副虚张声势、强加于人的样子，最后还缠着要跟我握手，父母亲脸上挂笑，却能看得出他俩内心的无奈。然而，泽田老师的一番醉话却并非随口而出的玩笑，过了十来天后，他又带着煞有介事的神情来到我家，说是马上开始一点点地教我作文的基本训练，令我不知所措。后来我才知道，他在小学时因为辅导学生应试发生问题，被学校辞退。后来他的生活总不如意，便一家家地走访以前的学生，硬要充当人家的家庭教师，维持自己的生活。新年来过我家之后，随即就偷偷地写信给我母亲，对我的文才赞不绝口，并列举一些所谓天才少女的例子来蛊惑我母亲。母亲在我的作文方面一直有着一种不舍的情结，于是回信请他每周来一次，做我的家庭教师。她在父亲面前坚持把这说成是给泽田老师的一点点生活资助。父亲则似乎因泽田以前曾做过我的老师而难以说出反对的话，只好挺不情愿地请泽田老师上门。泽田每周六到我家来，在我的书房叽叽咕咕地净说些不着调的话，让我觉得烦不胜烦。他把一些众所周知的事情当作重要事项反复絮叨，诸如“写文章首先必须准确掌握て、に、を、は等助词的用法”“不能说太郎玩院子，也不能说太郎往院子玩，应该说太郎在院子里玩”之类。见我窃笑，他就盯着我看，那怨恨的目光像是要在我脸上抠出一个洞来，然后长叹一声说：“你还不够诚实。一个人不管才能如何丰富，若不诚实则将一事无成。你知道一个名叫寺田正子的天才少女吗？她出身贫寒，想读书，却连一本书都买不起，身世窘迫、令人同情，但又为人诚实、恪守师教，所以写出了那样的名作。这对于她的老师来说又是何等振奋的事呀。你若再多一点诚实，我也能把你打造成寺田正子那样的人，更何况你的环境这样好，可以造就成更了不起的文学家，我也想在某个方面越超寺田正子的老师，那就是德育方面。你知道卢梭这个人吧？让-雅克·卢梭，西历一千六百年……不，西历一千七百年……一千九百年……你就笑吧，笑个痛快。你这个人过于自恃有才，藐视师长。古时中国有个名叫颜回的人……”他就这样有的没的说了个把小时，然后若无其事地打住话头，说声“这事留在下回再说吧”，便走出我的书房，去客厅跟母亲打过招呼后回家去了。对于这位小学时对我多少有些关照的老师，我固然不应说三道四，但还是不能不觉得他实在有点糊涂了。“文章重在描写，不会描写则不知在写什么……”他一边看着一本小笔记本，一边对我讲着此类再平凡不过的道理，“比如要形容这种下雪的情景……”说着把笔记本放进胸袋，“看到窗外细雪像戏中那样下个不停，不能说雪哗哗地下着，没有雪的感觉；也不能说吧嗒吧嗒地下着；那就说纷纷扬扬地下着，怎么样？仍有不足；沙啦沙啦，这就接近了，渐渐接近雪的感觉了，有意思了……”他自说自话地点着头，双臂交叉，一副欣赏的神情，“淅淅沥沥怎样？这不就成了形容春雨吗？还是沙啦沙啦最贴切吧？是的，沙啦沙啦再接纷纷扬扬，别有一番情趣。纷纷扬扬、沙啦沙啦……”他眯眼低吟，像是在享受这样的形容，突然又说，“不行，仍有不足。啊，应该是‘雪似鹅毛飞散乱’[1]吧？到底还是古人写得到位。鹅毛两字用得真好！和子，你该明白了吧？”他这时才转脸朝着我说话。我真想哭，不知该同情还是憎恶他。尽管如此，我还是耐着性子，持续接受了三个月如此无聊、荒唐的教育，以致见到泽田老师就难受。我终于把这一切如实告诉了父亲，求他别让泽田老师再来咱家。父亲听了我的话后表示意外，他本是反对找家庭教师的，却又拗不

1　出自白居易的诗句。——译注

过“助泽田老师的生计一臂之力”的名目而请来老师，只是希望可以每周辅导一下我的功课，没想到得来的竟是这样一种不负责任的作文教育。父亲很快就跟母亲发生了激烈的争吵。而我一边在书房听着他们在客厅里的争吵，一边放声大哭。因我的事而闹得家里鸡犬不宁，让我觉得自己实在是个最最不孝的女儿，甚至觉得既然如此，就该好好学习作文或小说之类，来讨母亲的开心，然而我太不中用，已经啥都写不出来了。其实我从来就不曾有过什么“文才”，哪怕是形容下雪，泽田老师肯定也比我高明。我自己一事无成，却还笑话泽田老师，该是怎样一个傻丫头呀，连沙啦沙啦、纷纷扬扬那样的形容都根本想不出来。听着客厅里的争吵，我痛感自己是个坏闺女。

当时母亲也说不过父亲，泽田老师也就没再露面，可是坏事却接二连三地发生。东京的深川有位名叫金泽文子的十八岁姑娘写出了非常棒的文章，并得到外界好评，她的书比任何了不起的小说家的书都畅销，让她一跃而成大富豪。柏木舅舅跑来我家把这个故事说给母亲听，那副得意的神情宛如他自己成了富豪。母亲于是又激动了，说：“和子要是肯写，也是有文才的，怎么会这样呢？今非昔比，女人也不可躲在家里不出门的。还是跟柏木舅舅学着写点东西吧。柏木舅舅跟泽田老师不一样，读完了大学，怎么说也是靠谱的。和子要是有了那么多钱，爸爸也会高看你的。”她在厨房一边收拾锅碗，一边兴致勃勃地说着这些。柏木舅舅从那时开始又几乎天天来咱家了，把我拽到书房，让我先写日记，说是只要如实地写下所见所感，就是出色的文学作品。他之后又给我说了各种深奥的道理，我却全无写作欲望，只把他的话当作耳边风。母亲的兴奋很快就会消退，这次的激动也就持续了个把月时间，然后就无影无踪了，唯独柏木舅舅不仅没清醒，反倒决心这次定要将我培养成小说家。他一本正经地说："和子最后只有走小说家这条路。如此聪慧的孩子绝对不能嫁到寻常人家。她只有放弃其他任何想法，一心在艺术这条路上追求精进才行。"父亲不在家时，他就大声把这些话说给我们母女听，连母亲也只能落寞地笑笑说："是吗？这样和子岂不是有点可怜吗？"

我也许被柏木舅舅说中了。第二年从女校毕业后，我如今对这位舅舅恶魔般的预言恨得要命，内心深处却又暗自对他的话有着某种肯定，觉得或许正如他说。我是个不中用的女子，头脑肯定有问题。我越来越看不懂自己，从女校毕业后突然变了个人，每天都感到寂寞无聊，觉得做家务事、打理花坛、学琴、照顾弟弟之类都实在没劲，便瞒着父母沉溺于一些内容轻薄的小说，不知小说这种东西何以如此专写人的丑恶阴私。我变成一个不洁的女子，沉溺于淫猥的空想，于是特别希望自己什么时候能像舅舅教的那样，如实写出自己的所见所感，以此向神明请罪。然而我又没有这种勇气，不，是没有这种才能，于是像头上扣了一口锈锅，让我痛苦难耐。我啥都写不出来，最近又想试着写写，前两天便抱着练笔的念头，以《睡盒》为题在笔记本上写了某晚一件不着调的事情，并且给舅舅看了。结果舅舅没看一半就扔了笔记本，带着一本正经的表情给我泼了冷水："和子，你该断了做女作家的念头了。"然后又苦笑着带点忠告的意味对我说："没有特殊的才能是从事不了文学的。"现在反倒是父亲会轻松地笑着告诉我，只要自己喜欢，试试也无妨。母亲还是经常听来一些金泽文子或其他女孩一举成名的故事，然后便激动地说："和子也是能写的，可惜没有恒心，所以成不了事。从前加贺的千代女刚开始去向师父学作俳句时，师父让她先以《子规》为题写写看。她很快就写了好几首让师父看，师父却始终不予认可，于是千代女一晚没睡、苦苦思索，突然发现已经天亮，于是就随意写下：'子规、子规思良苦，不觉旭日出。'拿去给师父看，这才得到一句赞赏：'妙哉千代女！'凡事都是要有恒心的。"母亲说着喝了一口茶，复又低声喃喃道："'子规、子规思良苦，不觉旭日出。'写得果真是好。"独自一副感佩状。妈妈，我不是千代女。我是个什么都不会写的低能的文学少女，一钻进被炉看杂志就会犯困，所以觉得被炉就是人间的睡盒。这就是我写给舅舅看的一篇小说，他没看完就扔了。我事后再看也觉得实在无趣。怎样才能写好小说呢？昨天我悄悄地给岩见老师写了信，求他别放弃七年前的天才少女。我或许就要疯了。

一九四一（昭和十六）年六月作

羞耻

菊子姐，我真丢人，羞愧难当，用“脸上火辣”之类的词语已难以形容，即使去草地上打一圈滚，再“哇”地吼一通，也难抑自己的耻感。《撒母耳记》中写：“她玛把灰尘撒在头上，撕裂所穿的彩衣，以手抱头，一面走一面哭喊。”[1]可爱的妹妹她玛，年轻的女子在羞愧而又无奈之时，真是恨不得以灰蒙面、放声痛哭。我理解她玛的心情。

菊子姐，真被你说中了，小说家之流就是人渣，不，就是鬼魅。太过分了，让我蒙受奇耻大辱。菊子姐，我一直没告诉你，我偷偷给小说家户田写了信，并终于见了一面，因而蒙羞。真无聊。

容我从头全部告诉你吧。九月初，我给户田写了这么一封甚是矫情的信。

对不起，自知唐突，却还是给您写了信。我认为足下

1 见《旧约·撒母耳记下》13：19，描写以色列王大卫之女她玛遭同父异母之兄暗嫩诱奸后的情景。——译注

的小说不会有一个女性读者。女人只读那些被广告大力推广的书，她们没有自己的喜好，只是出于虚荣而去阅读那些别人都在读的东西。她们盲目尊崇那些卖弄学问的人，过分吹捧那些无聊的理论——容我不客气地说——足下不仅丝毫不懂理论，好像也没有学问。我从去年夏天开始读您的小说，觉得已经几乎读完了您的全部作品，所以不用见您也已悉知您的容貌、风采和发生在您身边的事情。我能断定您没有一位女性读者。您毫不掩饰地坦言自己的贫寒、吝啬、无聊的夫妇口角、不雅的暗疾、容貌的丑陋、衣着的不洁，您还写了自己啃章鱼爪喝烧酒，躺在地上发酒疯，背了一屁股债，等等，净是一些不光彩不干净的事。这是不行的，女人本能地具有洁癖，读着您的小说，即使对您产生一点同情之心，一旦读到那副秃顶豁牙的形象，也难免会苦笑着生出退避三舍甚至轻蔑之心。何况您不是还去那种实在难以启齿的不洁场所找过女人吗？那就更不用说了，这种情节连我也是捏着鼻子去读的，自然无论哪个女人都会毫不例外地蔑视您、厌恶您。我是瞒着朋友读您小说的，她们若知我在读您的东西，应会嘲笑我并怀疑我的人格，与我绝交的。您能否稍稍反省一下自己？我虽然看出了您不学无术、文章拙劣、人格卑下、思虑不足、头脑糊涂等无数缺点，但同时也发现了您身上带着一丝哀愁的底色。我珍惜那种哀愁感，而其他女人是不懂这些的。我前面已经说过，女人纯粹是出于虚荣而去阅读的，所以特别喜欢那种描写高档避暑地之恋或者带有思想性的小说，我却不这么简单，我愿意珍惜您小说中深藏的那种哀愁感。希望您别因自己容貌的丑陋、过去的污行或者文章的拙劣而绝望。您要珍惜自己独特的哀愁感，同时注意健康，再稍学一点哲学和外语，增加思想深度。我想，您的哀愁感将来若能在哲学层面得到整理，您的小说就不会像今天这样被人嘲笑，您的人格也将得到完善。待到那天，我也希望摘去自己的面具，公开自己的住址姓名，去与您见面，只是现在还只能远远地给您送去鼓励。声明在先：这不是一封粉丝信，请不要拿给您太太看，炫耀自己也有了女粉丝，那是一种没品的戏谑。我也是个有自尊的人。

菊子姐，我的信大致就是这样写的。“足下”之类的称呼可能有点不大合适，但如果直接以“你”相称，一来他与我年龄悬殊，二来也显得过于亲近，这是我不愿意的，生怕他不顾自己一把年纪而生出什么非分之念来。他也不够让我尊称为“老师”，何况他什么学问都没有，叫他“老师”让我觉得实在不自然，所以才称他“足下”，不过这个称呼毕竟还是有点怪怪的。反正我寄出这封信也毫无良心的自责，倒是觉得做了件好事。能为一个可怜人尽一点绵薄之力，这让人心情舒畅。

不过尽管我在这封信上没写住址和姓名，却还是忐忑不安，万一一个脏兮兮的醉汉来到我家，妈妈将会如何惊讶呀。他或许会胁迫我们借钱给他，反正是个品行恶劣的人，不知会干出怎样可怕的事来。我想永远做个隐名埋姓的女性，然而，菊子姐，还是不行呢，事情变得糟糕了。过后不到一个月的时间，发生了一件使我不得不又给户田写信的事，而且这次把自己的住址和姓名都明白地告诉了他。

菊子姐，我真是个可怜的孩子。只要把当时我信中的内容告诉你，你应该就大致知道情况了。下面请看我的介绍，可千万别笑我。

户田先生：

我很惊讶，您怎么查到了我的真实身份？是的，我确实叫和子，而且是个教授的女儿，今年二十三岁，这些全都露馅了。我拜读了这个月《文学世界》上的新作后目瞪口呆，觉得实在不能小看小说家之类。您是怎么知道的，甚至一眼看穿了我的内心，辛辣地一语中的，说我“甚至沉溺于淫猥的空想之中”。我实在惊异于足下的进步。我那封匿名信立即激起了您的创作欲，这令我十分欣慰。我不承想到，女性的一份鼓励居然能让作家奋起写作。听别人说，连雨果、巴尔扎克那样的大作家也都是靠着女性的保护和慰藉而写出了为数众多的杰作，我虽不及她们，但也决心助您一臂之力，希望您再接再厉，我会经常给您去信。足下此次的小说有了一点对女性心理的解剖，这的确是个进步，书中多处精致描写也令我赞赏，但仍有不到之处。我是个年轻女性，所以今后会把各种女性心理介绍给您。我认为足下将来是一位有望之士，作品也会日臻完美，希望您能多读点书，获取哲学的素养，素养不足则无论如何也成不了小说大家。您若有苦恼，请尽管给我来信。我既然已经暴露身份，也就不必再遮头掩面。我已写明了自己的住址和姓名，这不是假名，尽请放心。待您人格完美之际，我定会与您相见，但目前还只能以文字相交，希望您少安毋躁。这次我真意外，您居然连我的名字都已知晓，定是您因我的信而兴奋，在朋友间大肆张扬，并以信封邮戳为线索，委托报社的朋友，终于查到了我的名字。我的猜想没错吧？男人一收到女人的信就大肆张扬，这样不好。您到底是如何知道了我的名字，甚至晓得我二十三岁？请来信告诉我。今后常通信，下次我的信会写得更加温婉。请善自珍重。

菊子姐，现在写此信时我数度咧嘴欲哭，觉得浑身冒汗，希望你能体察。我会错情了，他写的并不是我，人家根本没把我当回事。丢人啊，丢人。菊子姐，你要同情我，容我把事情从头到尾说给你听。

你读过本月《文学世界》上发表的短篇小说《七草》了

吗？小说写了一位二十三岁的姑娘过于害怕恋爱，不愿耽于情思，结果嫁给了一个六十岁的有钱老头，最后还是因不满而自杀。小说有点露骨、阴郁，但也体现了户田的一贯风格。我读了后一厢情愿地以为写的是我，不知为何，读了两三行后就认定如此，顿时愕然。也难怪，这位姑娘的名字不是跟我一样叫和子，年龄也一样是二十三岁吗？就连父亲是大学老师这一点也跟我一模一样。虽然后面的内容跟我的经历完全不搭，但我不知怎的就一门心思地认为这篇小说定是由我的信中获得灵感而创作的。这正是奇耻大辱的根源。

四五天后收到了户田的明信片，上面写着：

> 拜覆。大函收悉，感谢您的鼓励。前一封信我也确实拜读。至今为止，我从未做过把别人的来信给家人看之类失礼的事，也不会把信在朋友面前张扬，这一点请您放心。另外，您说待我人格完善后见面，然而人到底能否靠自己来完善呢？余不赘述。

还是小说家会说话。被他这么一说，我十分懊恼，恍恍惚惚地度过了一天，第二天一早就急着想去见户田，觉得他现在一定很苦恼，我必须见他，否则他就有可能堕落。他在等着我去，我该去见他。我立即开始收拾打扮。菊子姐，去大杂院看望一位穷作家，你觉得能一身珠光宝气吗？当然不能。某妇女团体的一批干部戴着狐皮披肩去视察贫民窟，不是曾遭非议吗？我必须好自为之。从小说来看，户田甚至没有一件能穿的和服，只有一件漏出棉絮的棉袍，家里的榻榻米铺席破了，只好铺了一屋子的报纸，人就坐在报纸上。我如果穿着最近新做的粉色套装去如此窘困的家庭，只能让他一家人自卑、不安，那是很失礼的事。我穿了女校时代一条满是补丁的裙子，加上一件从前滑雪时穿的黄色毛衣。这件毛衣已经太小，肘部以下的部分几乎都遮不住了，袖口绽开，毛线都挂了下来，真是一套无可挑剔的行头。户田每年秋天都会受脚气病的折磨，这也是我通过他的小说而知道的，于是便用包袱布包了一条床上用的毛毯带去，准备建议他写作时用毛毯裹着腿。我瞒着妈妈偷偷从后门溜出。菊子姐你也知道吧，我有一颗门牙是活动假牙，我在电车上把它悄悄取下，故意让自己的样子变丑。户田应是一口豁三缺四的烂牙，所以我要让他看到我的牙也长得不好，让他安心而不自卑。我把自己的头发也弄得乱七八糟，成了一副寒酸的丑女模样。为了安抚一位愚钝、贫穷的弱者，必须十分细心才行。

户田家在郊外，我下了省线电车后向交警打听，没费劲就找到了他家。菊子姐，户田家根本不在大杂院，而是一幢独立建筑，小而整洁，庭院也收拾得漂漂亮亮，开满了秋蔷薇。一切都令我意外。玄关门打开后，拖鞋箱上放着养着鲜菊花的水盘，一位态度沉稳、气质高雅的夫人出来向我鞠躬致意。我想自己是不是走错人家了，便战战兢兢地问：

"请问，写小说的户田先生住在这儿吗？"

"是的。"夫人亲切地回答，那笑容让人目眩。

"老师……"我不由自主地冒出了"老师"两字，"老师在家吗？"

我被带到了老师的书房。一位表情严肃的男子端坐在书桌前。我不曾在戏剧中看到过这样的场面，不知道那是什么布料，那件带夹里的和服用的是深蓝色的厚质布料，系着一根黑底白条纹的角带[1]。书房给人茶室的感觉，壁龛挂着一幅汉诗条轴，上面的字我一个也不认识。竹篮里插着漂亮的常春藤。书桌旁高高地摞着很多书。

完全弄拧了，既不豁牙，也不秃顶，表情端庄，没有一点邋遢的感觉，不可想象这样的人会喝烧酒睡大街。

"见到您，觉得跟小说中的感觉完全不同。"我调整了一下情绪后说道。

"是吗？"他的回答云淡风轻，一副对我没啥兴趣的样子。

"我来这儿是想问问您，您怎么会知道我的事？"我说这话是想挽回一点面子。

"什么？"他还是反应不过来。

"我虽隐瞒了自己的名字和住址，但不是都被老师您猜到了吗？前几天给您写信，首先就是要问这件事。"

1　角带：一种扁硬、狭窄的和服腰带。——译注

“怪了。我并不知道你的事呀。”那双澄澈的眼睛直视着我，带着一丝笑意。

“哎呀！”我开始感到狼狈，“这么说来，您是完全不知道我那封信里的意思，却又不告诉我。实在太过分了。您是把我当傻子了吧？”

我真想哭。我是何等自以为是呀。荒唐，荒唐！菊子姐，此时用“脸上火辣”之类的词语已难以形容，即使去草地上打一圈滚，再“哇”地吼一通，也难抑自己的耻感。

“那就把那封信还我，太丢人了，还给我吧。”

户田一本正经地点点头。他或许生气了吧，大概没想到会遇到我这么个不讲理的家伙。

“我找找看。我不可能把每天收到的信件一一保存，所以有可能已经不在了。回头让家里人找找看，如果找到了就给你寄去，是两封吧？”

“两封。”我有种惨兮兮的感觉。

“你说我的小说跟你的身世相像，其实我的小说绝对没有什么原型，全部都是虚构的。你说你的第一封信首先是要……”他突然停住，低下头来。

“是我失礼了。”我就是个豁牙缺齿、上门乞食的丑女孩，穿着一件太小的毛衣，袖口已经脱线，蓝裙子上满是补丁。我从头到脚都被他轻蔑。小说家就是恶魔，就会撒谎！明明不是穷人，却装出极贫的模样；明明相貌端正，却自称貌丑以博取同情；明明饱读诗书，却自称不学无术、装傻充愣；明明夫妻恩爱，却吹嘘每天跟老婆吵架；明明舒心安逸，却做出一副痛苦煎熬的模样。我上当了。我默默地鞠了一躬，站起身问：

“您的病情怎样了？听说您有脚气病……”

“我很健康。”

我为他带来了毛毯，还得带回去了。菊子姐，我羞得无以复加，抱着包袱里的毛毯回家。在路上我哭了，把脸贴在包毛毯的包袱布上哭了，还被路过的汽车司机怒吼：“混账，走路时留神看路！”

两三天后，我收到了挂号信，大信封里装着我那两封信。我仍怀着微微的一丝希望：老师会不会写了什么为我解脱羞耻的好话寄来给我呢？这么大的信封，里面除了我的两封信，会不会还装着他温婉的慰解之信呢？我抱紧信封，然后祈祷，然后开封，一切落空，除了我的两封信再无任何东西。或许他会在我信笺背面随意写下一点感想呢，于是我仔细地检查自己信纸的正反面，他却啥都没写。你能理解我此时的羞耻吗？真想把灰尘撒在头上。我顿时老了十岁。小说家真没劲，就是人渣，净写些假话，一点也不浪漫。他在一个普通的家庭安居乐业，却对一个穿着邋遢、门牙豁缺的女孩冷眼蔑视，连起身相送都不屑，永远装出一副冷漠的嘴脸，真不像话！他不就是那样一个骗子吗？

一九四二（昭和十七）年一月作

等待

在省际线上这个小站，我每天都在等人，等的却不知何许人也。

我在市场购物回家时，一定会顺路到车站，坐在冰凉的长凳上，把购物篮放在膝上，呆呆地望着检票口。每有上行或下行的列车到站，便从车门口涌出很多人，他们朝检票口蜂拥而至，带着同样的愤怒表情，出示月票或交出车票，然后目不斜视地匆匆经过我所坐的长凳前，去到站前广场，然后朝各人的目标方向散去，我仍呆呆地坐着。不知是谁笑着与我打招呼，令我害怕，令我困惑。我的心怦怦乱跳，哪怕想想都如冷水浇背，几近窒息。我却还是在等着什么人。我每天坐在这里究竟在等谁，等什么样的人呢？不，我等的也许并不是人。我讨厌人，不是讨厌，是害怕。与人面面相对，没话找话地跟别人做一些“最近怎么样呀”“天气冷了”之类言不由衷的寒暄，我就会没来由地难受，仿佛自己是世界上最大的骗子，乃至死的心都有。同时，对方也会对我过度警戒，说一些八面玲珑的奉承话或装腔作势的感想之类，我听了会为对方这种小家子气的心机而悲哀，越发厌恶这个世间。这个世间的人，难道都是如此相互说着生硬的寒暄话，小心翼翼地相互提防，精疲力竭地度过一生吗？我不喜欢见人，所以若非迫不得已，我不会主动去朋友那里玩耍。在家里跟母亲一起，两人默不出声地做针线活时，我的心情最轻松。可是，自从大战开始，周围气氛异常紧张，我便觉得自己一个人在家发呆极其不妥，于是变得不安，完全无法定下心来，只想拼命干活，可以直接派上用场。我已对之前的生活失去了信心。

虽然觉得不能坐在家里发呆，却又没有自己能去的地方，于是便在购物回家时顺路去车站，然后坐在冰凉的长凳上，期待有人不期而至，却又担心到时自己会不知所措。除了这种期待和担心，还有一种近似断念的决心，觉得设若那个人真的出现，我将会无可奈何地把自己的生命奉献给他，我的命运也将决定于那一刻。这些念头与其他各种稀奇古怪的遐想异样地交织，充满我的胸间，折磨得我几近窒息。我如白昼做梦，不知自己是死是活，带着这种没着没落的感觉时，站前人们往来的模样也如同倒看望远镜，变得又远又小，世界也顿时变得寂静无声。啊，我究竟在等什么？我或许就是个极其轻浮的女人，说什么大战开始了，自己于心不安，希望拼命干活，以期派上用场……所有这些都是谎言，其实是想以此作为口实，实现自己轻浮的空想，也许现在就是在为此静待良机呢。我觉得自己这样坐着，一副茫然的表情，心中却有不可告人的计划在熊熊燃烧。

我究竟在等谁？他模糊而无清晰的形象，但我在等待。大战开始后，我每天每日都在购物回家途中来到车站，坐在这冰凉的长凳上等待。若有人笑着和我打招呼，我会害怕，我会不知所措。我等的不是您。那我究竟在等谁呢？丈夫？不是。恋人？不对。朋友？讨厌。金钱？怎么会呢。亡灵？噢，可怕。

我等的东西比这些都更加温柔、更加光明、更加美好，到底是什么我却不知。比如说他像春天？不，不对。像绿叶、五月天、麦田里淌过的清流？还是不对。啊，但我确实在等待，等待时胸中小鹿乱撞。眼前人们络绎不绝地走过，这个不是，那个也不是。我抱着篮子一心一意地等着，手在微颤。请别把我忘记，这个二十岁的姑娘，每天每日去车站迎候，却又空空而归。请别笑她，把她记在心中。我不会特意说出这个小站的名字，但您哪天终会看到我的。

一九四二（昭和十七）年六月作

雪夜的故事

那天从早晨开始就在下雪。由于之前着手在为侄女小鹤缝制的一条裙裤已经完工，那天放学回家的路上我就拐到位于中野的婶婶家，把东西送了过去。带着她给我的两块鱿鱼干走到吉祥寺车站时，天色已暗。雪积了一尺厚，而且还在淅淅瑟瑟地下着。我因为穿着长靴，反倒来了精神，故意挑着积雪深处去走，待到了临家的邮筒处时，才发现用报纸包着夹在腋下的鱿鱼干不在了。我平时虽粗枝大叶、傻傻乎乎，却很少丢过东西，那天晚上想必是被积雪撩得兴起，走路时东西掉了下来。我顿时没了精神。只因丢了鱿鱼干这点小事便垂头丧气，说来令人不好意思，但这毕竟是我想送给嫂子的东西。我嫂子今年夏天就要生宝宝了，肚里有了宝宝后，她总是说饿。她必须替肚里的宝宝一起吃双份的东西才行。嫂子跟我不一样，她举止端庄文雅，过去吃东西时像金丝雀似的浅尝辄止，从来不吃零食，近来却因肚饿而说突然想吃点稀奇古怪的东西，事先还要说声“真难为情”。上次晚饭后跟我一起收拾东西时，她小声嘀咕嘴苦，真想含点鱿鱼干之类的在嘴里，说着还叹了口气。

这事我一直难忘，所以那天偶然从中野的婶婶那里拿到两块鱿鱼干后就满怀期待地带了回来，准备全都送给嫂子，结果却把东西丢了，委实让我扫兴。

你们都知道，我在家里跟哥嫂一起生活。哥哥是个有点古怪的小说家，年近四十却毫无名气，因此一直过着穷日子。他总说身体不舒服而常常赖床，唯独一张嘴却毫不让人，整天絮絮叨叨地埋怨我们。光知嘴讲却从不帮着家里做点事，因此嫂子连男人的活都得去做，实在令人同情。有天我出于义愤说：

“哥，你哪天也该背着背包去抢购点蔬菜啥的回来嘛。别人家的丈夫好像都这么做的。”

他一听就愤愤地说：

“胡说！我可不是那种下贱男人。你和喜美子（嫂子的名字）都给我记住，哪怕咱全家饿死，我也不会丢人现眼地出去抢购囤货。你们得有这种思想准备，这是我最后的尊严。”

他委实显示出一副堂而皇之的信念，可我不太明白哥哥究竟是出于爱国而厌恶那支抢购囤货的大军，还是因为懒惰而不愿出去抢货。我的父母都是东京人，但父亲长期在东北山形地区的政府机关任职，哥哥和我都在山形出生，父亲也死在山形，那时哥哥二十来岁，母亲背着年幼的我和哥哥又回到东京。母亲去年去世，如今我与哥嫂组成的三人之家没有所谓的故乡，也因此不能像其他家庭那样得到乡下老家接济的食物，加之哥哥是个怪人，与外界全无交往，根本不可能意外地得到什么稀罕之物，因此虽是区区两块鱿鱼干，如能送给嫂子的话，不知她会有多开心。想到这，我也就顾不上体面，为了两块鱿鱼干而立即右拐，慢慢地沿着来时的雪路搜寻，却已不可能找到。在白色的雪路上很难发现一包白色报纸包裹的东西，再加不停的降雪还在继续覆盖路面，我一路返回到吉祥寺车站附近，却连一块石子都没看见。我叹了口气，重新撑好雨伞，抬头看看黑暗的夜空，只见雪花像百万只萤火虫般狂舞，令我暗叹这幅美景。路两侧一棵棵树木的枝条被雪压弯，不时地微微摆动，像是在叹息，令我觉得宛如身处童话世界，也就忘了鱿鱼干的事。一个奇思妙想在我心中油然而生——何不将这幅美丽的雪景带去送给嫂子。比起鱿鱼干之类，这份礼物不知好上多少倍呢。若是一直拘泥于区区的食物，可就让人看不起，实在太丢人了。

哥哥曾经告诉过我，人的眼球可以留存外界的风景。其证据是：盯着电灯泡看一会儿，然后闭上眼睛时，眼睑内侧仍有灯泡历历在现。关于这个话题，哥哥还给我讲过一个丹麦从前的小故事。哥哥的话从来就不靠谱，唯独这个故事，纵令是他胡编乱造的，我也觉得有点可取之处。

从前丹麦有位医生解剖遇难的年轻水手的尸体，发现他的视网膜在显微镜下呈现一幅阖家团圆的美好情景。他把这事告诉自己的小说家朋友，那位小说家立刻对这不可思议的现象做出了如下解释：这位年轻水手落水后被怒涛卷走并冲到岸边，不顾一切地抓住了一处灯塔的窗框。他喜出望外，正欲呼救时突然往窗里一看，灯塔守望人全家正相敬如宾、其乐融融地准备吃晚饭。他想，不行，我此时若尖叫一声“救命”，定就搅了这一家人的和美气氛。想到这，紧抓窗框的指头一松劲，又一个大浪冲走了水手的身体。小说家说一定是这样，这位水手是世界上最善良最高尚的人。医生也赞成这番解释，两人怀着敬意埋葬了水手的尸体。

我愿意相信这个故事，即便它在科学上站不住脚，我依旧愿意相信。我在那个雪夜突然想起这个故事，想把美丽的雪景映在自己的眼底带回家，然后说：

“嫂子，您朝我的眼睛里看，您肚里的宝宝就会变得漂亮。”

前些日子嫂子曾笑着对哥哥说：

“您在我屋里贴点美人的画像，我每天看看，也好生个漂亮的孩子出来。”

哥哥一本正经地点头说：

“嗯，是胎教吧？这很重要。”

他在墙上贴了一幅娇艳的“孙次郎”能面[1]照片和一幅可爱的“雪小面”[2]能面照片，虽说表现不错，但要命的是，后来

---

1 能面：日本传统音乐剧能乐表演者所戴面具。孙次郎是能乐师金刚由京久次的别名，也被用作称呼其所创面具。——译注

2 雪小面：花季少女形象的能面。——译注

他又在两幅能面照片之间贴了一张自己愁眉苦脸的照片，于是前功尽弃。

“求求您了，您的照片还是免了吧。看到它，我心里堵得慌。”

平素温顺的嫂子似乎也忍无可忍了，鞠躬作揖地央求哥哥。哥哥那张照片姑且撤了下来，否则嫂子看了他的照片，真会生下一个沐猴而冠的婴儿来。哥哥明明长得那么怪模怪样，难不成还有点自以为是个美男子了，真是冒傻气。其实嫂子为了肚里的宝宝，一心只想看到世上最美的东西呢。我把今天这雪景映在自己的眼底带回去给她看，比起鱿鱼干之类的礼物，她一定会开心几倍、几十倍呢。

我不再去想鱿鱼干，在回家的路上尽量多看周围美丽的雪景，不仅把纯白的美景收在眼底，甚至留在了心底，我带着这样的心情刚到家便说：

“嫂子，快看我的眼睛，我的眼底照满了最美的景色呢！”

“说啥呢？你怎么啦？”嫂子笑着站起身把手搁在我的肩上，“你的眼睛到底怎么啦？”

“您瞧，哥哥不是说过吗？刚看过的景色一时不会消失，会留在人的眼底。”

“我才不去记你哥的话呢，净是瞎话。”

“可是只有那句话是真的，我只愿意相信那句话，所以快来看我的眼睛吧，我回家路上看了好多好多美丽的雪景。来，看看我的眼睛，一定会生个皮肤像白雪一样的漂亮宝宝。”

嫂子默默地盯着我看，面露忧郁。

“喂。”这时哥哥从隔壁六铺席的房间里出来，“与其去看顺子（我的名字）那双毫无特色的眼睛，不如来看我的眼睛，效果定会好上百倍的。”

“为什么？为什么？”我恨不得要揍哥哥一顿，“嫂子说过了，看到哥哥的眼睛就心里堵得慌。”

“不会吧。我的眼睛看过二十年漂亮的雪景。我在山形住到二十岁，而顺子还没记事时就来了东京，已不会记得山形那美丽的雪景，所以看到东京这点微不足道的雪景就大惊小怪的。我这双眼睛见过的漂亮雪景不知要超过你百倍千倍呢。不管怎么说，我的眼睛就是比你的高级。”

我恼得差点哭出来。这时嫂子出手相助了，她微笑着语气平静地说：

“话又说回来，你哥的眼睛确是看过百倍千倍的美景，但也相应地看过百倍千倍的脏东西呀。”

“是呀，是呀！坏东西多过好东西，所以眼睛那样黄浊呢。说得太对了！”

“讲话真是不知天高地厚。”

哥哥愤愤地反身进了隔壁六铺席的房间。

一九四四（昭和十九）年五月作

卷二

向着光明

富岳百景

富士山的顶角，在广重笔下是八十五度，文晁也画成八十四度左右，但依据陆军实测图而制作的东西及南北的断面图，东西纵断为顶角一百二十四度，南北为一百十七度。除了广重和文晁，大多美术作品中的富士山也都是锐角，山顶高尖华奢，到了北斋笔下，顶角几近三十度左右，甚至画成了埃菲尔铁塔似的富士山。其实真正的富士山，钝角就是钝角，山形缓缓展开，东西一百二十四度，南北一百十七度，绝非那种秀拔峻峭的高山。譬如我要是被秃鹫从印度之类的国家叼走，丢在日本沼津一带的海岸，猛地看到这山，大概是不会怎样惊叹的。唯因对日本的富士山预先抱有憧憬，才有了崇高的印象。若非如此，对此类俗世的宣传一概不知，保持一种素朴、纯粹、没有先入之见的心理状态，到底能获得几许感动？结果富士山多少会造成一种失落感。富士山不高，就其山麓的宽度来说是座矮山。底部具有如此宽度的山，至少应有1.5倍的高度。

只有从十国岭见到的富士山才是高山，值得称赞。起先因为云遮而不见山顶，我根据山麓的坡度判断山顶位置，并在云的相应处做了记号。等到云开时一看方知错了，青色的山顶赫然出现在高出我事先标记处一倍的位置。我此时的感觉与其说吃惊，更像是感到难为情而笑个不停，心想自己中招了。人在达到一种完全愉悦的状态时，好像首先的反应就是失态地大笑，就像全身的发条轻而易举地松开，说得再那个一点，就似那种宽衣解带时的笑。各位，如果你与恋人相会，见面的那一瞬间恋人咯咯地笑了出来，那就该恭喜了，而绝不可责怪恋人的失礼，那是因为恋人见到你时就完全沉浸在对你的信赖之中了。

通过东京公寓窗口见到的富士山是窘迫的。冬天能清晰看见雪白的小三角孤零零地拔地而起，这就是富士山，像圣诞节作装饰用的点心一样平平无奇，又像一艘正从船尾开始渐渐沉没的军舰一样，肩膀向左倾斜，一副失落感。三年前的冬天，我因从某人处得知意外的真实情况而走投无路。那天夜里，我在公寓一室独饮，通宵达旦地喝。拂晓时分起来小便，从公寓厕所拉着铁丝网的四角形窗子看到了富士山，小小的、纯白色、稍稍左倾——我忘不了那个富士山。鱼铺的自行车在窗下的柏油路上疾驰。哦，今晨的富士山看得真清楚，寒气逼人呀——我喃喃自语，然后久久立在黑暗的厕所，抚弄着窗子的铁丝网，怅然泪下。那种感觉不堪回首。

昭和十三年初秋，我拎着一个包登上旅途，决定换个心情。

甲州。这里群山的特征在于山脉的起伏线特别空灵、和缓。一个叫小岛鸟水的人在日本山水论中也说“山多蜿蜒，如仙游此土”。甲州的群山或许就是山中之异类。我从甲府市出发，在巴士上颠簸了一小时后到达御坂岭。

御坂岭海拔一千三百米，山顶有一名为“天下茶屋”的小茶店，井伏鳟二先生从初夏起躲在这里的二楼工作，我是奔此而来的。为了不打扰井伏先生的工作，我打算借住邻室，也在此仙游一番。

井伏先生在工作。我蒙他允许，暂时在这茶店落脚，之后不管愿意与否，每天都得与富士山正面相对。此岭正当甲府市与东海道镰仓之间的要冲，有“北望富士的代表性观景台”之称，从这里看到的富士山，据说自古以来就被列为“富士三景之一”，但我不太欣赏，不但不欣赏，甚至可说轻蔑。这是过于中规中矩的富士山。富士山居于群山正中，河口湖在山下铺展，清冽而带寒意，近景的群山安静地蹲踞两侧怀抱湖水。一瞥时我狼狈得面红耳赤，这俨然澡堂里挂的水彩画或舞台的布景，实在是一种定制的景色，让我羞愧何如。

我来到此岭茶屋两三天后，井伏先生的工作也告一段落。一个晴朗的午后，我们一起登三岭。三岭海拔一千七百米，比御坂岭稍高。我以爬行的姿态攀登，花了一小时左右到达三岭山顶。在狭窄的山路上手拨蔓草，爬行攀登，我这姿势实在不体面。井伏先生穿着正儿八经的登山服，身姿轻快，我却没带登山服，穿的是棉袍。茶店的棉袍太短，我的毛腿露出一尺有余，而且脚上穿的是向茶店老爷子借来的大脚趾胶鞋，自己都觉得寒碜，便稍作修整，束上了和服腰带，试着戴上了挂在茶店墙上的旧麦秸帽，却越发不伦不类，连井伏先生这种绝不轻蔑别人衣着的人，此时也不免显出同情的表情，小声嘀咕道："男人还是别太在意外表为好。"我难忘他对我的这种体恤。不管怎么说，我们到了山顶，却遇一阵浓雾骤然而至，即使站在有"观景台"之称的断崖边上，也啥都看不见，全无"眺望"可言。浓雾中，井伏先生在岩石上坐下，悠悠地吸烟，还放了个屁，难免有点煞风景。观景台上并排开着三家茶店，我们选了其中一家，一家只有老两口经营的不起眼的茶店，在那里喝了热茶。茶店的老奶奶同情地说："这雾来得真不是时候，我想待一会儿就会过去的，就能真真切切地看到眼前的富士山了。"她从茶店里屋取出一张富士山的大照片，站在崖边两手高举照片展示，使劲地解释说就在这个位置，就像这么大，就能看得这么清楚……我们喝着粗茶，笑着看这富士山。我们见到了很好的富士山，不再为大雾深处的富士山而感遗憾。

大概是两天后，井伏先生决定回御坂岭，到甲府这一程我随他同行。我要在甲府与一位姑娘相亲。我随井伏先生去拜访了位于甲府城边的姑娘家，井伏先生随意地穿着登山服，我则是和服短褂加腰带。姑娘家院子里种着很多蔷薇。姑娘的母亲大人把我们迎到会客间，与我们寒暄，说话间姑娘也出来了，我没看她的脸。井伏先生和母亲大人扯了一阵家长之间的话，突然井伏先生嘀咕一声“啊呀，富士山”，抬眼看着我背后的“长押”[1]。我便也扭过身去抬头看身后的“长押”，一幅鸟瞰富士山火山口的照片装在相框里，挂在横梁上，恰似一朵洁白的睡莲。我看过这照片后又慢慢扭转身子时，瞥了姑娘一眼，便做出决定：无论怎样艰难，也要与她结婚。我该感谢那个富士山。

井伏先生当天回东京，我则重返御坂岭，此后的九月、十月，直到十一月十五日，我一直在御坂茶店的二楼一点一点地写作，与这并不太喜欢的“富士三景之一”对话，直至筋疲力尽。

其间有过一次大笑。一位大学讲师之类的浪漫派友人徒步旅行途中经过我住处，我俩走到二楼走廊看富士山。

“真俗呀，这就是富士山？”

“见了反倒汗颜。”

我们抽着烟说着诸如此类自以为是的话，友人突然努努嘴问我：

“喂，那个僧人模样的家伙是怎么回事？”

那是一个五十来岁的小个子男人，身披黑色破袈裟，拖着长杖，一边回头仰望富士山，一边爬上岭来。

1 指日本式建筑中，上门框上装饰用的横木。

“这里就是所谓‘西行见富士’之处吧。他的做派挺像那么回事的。”我对这位僧人有种亲切感，“或许有一天就会成为一位有名的圣僧呢。”

“别说蠢话了，就是个花子罢了。”友人态度冷淡。

“不，不。他是有脱俗之处的，走路的样子之类，都挺像那么回事的。听说从前能因法师曾在这个岭上作过赞美富士山的和歌……”

没等我说完，友人便笑了出来：

“喂，你瞧，还是出丑了。”

“能因法师”被茶店那只名叫阿发的家犬一吼便狼狈不堪，那副样子惨不忍睹。

“果然还是不行。”我很失望。

他可怜巴巴地左支右绌，终至扔了长杖，手忙脚乱，大败而归——这就是乞丐的狼狈，实在还是不成器，正应了“富士俗则法师俗”那句话。我现在想起仍觉不堪。

御坂岭最低处的山麓有个吉田镇，地形狭长，一位姓新田的二十五岁温厚青年在镇上的邮局工作。他来茶店看我，说是因邮件而得知我在这里。我们在二楼我的房间里聊了一会儿，就在开始熟悉的时候，新田笑着说：“其实我还有两三个朋友想一起来打搅您的，临来时又都打退堂鼓了，认为太宰先生非常颓废，而且佐藤春夫先生在小说中写您是‘性格破产者’。谁都没想到您居然是个如此认真严谨的人，所以我也就没硬把他们一起拉来。下次我带他们来，您不介意吧？”

“这倒是不介意，不过……”我苦笑着说，“这么说来，你是逞冒死之勇，代表你的团队前来侦查我的啰？”

“敢死队。”新田率直地说，“昨晚我把佐藤先生的小说又重温了一遍，做好了各种思想准备而来的。”

我透过玻璃窗看着富士山。富士山矗立在那里，沉稳而沉静，令我觉得伟大。

“真好呀。富士山果然是有其长处的。我来对了。”我为自己飘忽不定的爱憎而羞耻，觉得对不起富士山。富士山毕竟还是伟大，我来对了。

“您来对了吗？”新田似乎觉得我的话怪怪的，善解人意地一笑。

新田后来带了各种各样的青年过来，都是一些很文静的人。他们都叫我“老师”，我老老实实地接受了这个称呼。我没有任何可以自夸的，既无学问又无才能，肉体不洁，灵魂空虚，唯有苦恼能让我默默接受这些青年称我为“老师”，我是经受着这份苦恼而过来的，唯有苦恼是我的一丝自负，而这种自负，又是我唯一希望清晰地持有的感觉。我一直被认为是个任性娇气的孩子，内中的苦恼又有几人能知。新田和另一位姓田边的擅长短歌的青年都是井伏先生的读者，我也因此而放心地和他俩成为最好的朋友。他们带我去过一次吉田，那是一个狭长的镇子，具有山麓的感觉，阳光和风都被富士山所挡，就像一株拼命往高里长的茎秆，给人一种阴暗、微寒的感觉。镇上沿路有清水流过，这好像是山麓城镇的特征，三岛也是这样，清水源源不断地穿镇而过。这里的人们都深信这流水来自富士山上的融雪。与三岛的水相比，吉田的水量不足，而且不洁。我望着流水说：

“莫泊桑的小说里写过某地的小姐每晚都游过河去与贵公子相会。只是不知衣服如何处理，难道真的裸着过去？”

“是呀，”小伙子们也在考虑，“是穿泳衣吧。”

“会不会把衣服绑在头上游过去？”

小伙子们笑了。

“又或许穿着衣服游过去，湿淋淋地与贵公子相会，两人再用火炉把衣服烘干？如果是那样，回来时又怎么办？好容易烘干的衣服又得游湿了。真让人操心，明明应该让贵公子游过来才是，男人即使只穿一条裤衩游泳，也不至于怎样难看。难道贵公子是个旱鸭子？”

“不。我想是因为小姐那一方爱得更多一点吧。”新田很认真。

“也许如此。外国故事中的小姐勇敢又可爱，若是爱了，就能游泳渡河去相会。在日本不能这样，不是有一出什么戏吗：一条河流过当中，一个男人一个小姐各在两岸愁叹，其实那种时候小姐根本无须愁叹，游过去不就得了。在戏里看到的是一条很窄的河，三两下不就游过去了。那样愁叹实在没有意义，不值得同情。朝颜[1]面临的大井川是条大河，而且朝颜还有孕在身，所以多少值得同情，但即便是那样，也并非不能游泳，像她那样抓着大井川的木桩哭天抢地也是没意义的。啊，想起一个人了，日本也有一个勇敢的家伙。那家伙可真厉害。你们知道吗？”

“有吗？”小伙子们眼睛都发亮了。

“清姬[2]。在日高川游了一大段路去追安珍。那女孩厉害，根据有关记载，清姬那时才十四岁。”

我们一路闲扯，来到镇边一家不起眼的老旅社，好像是田边熟识的。

我们在那里喝酒，那夜的富士山很好。夜里十点左右，小伙子们各自回家，把我一人留在旅社。我睡不着，穿着棉袍出来一看，是一个极亮的月明之夜。富士山真好，在月光下简直是晶莹剔透，我觉得自己如同被狐狸迷住一般。富士山青翠欲滴，好似磷火、鬼火、狐火、萤火虫、芒草、葛叶。我带着未得满足的心情在夜路上行走不辍，只有咔嗒咔嗒的木屐声清晰可闻，不像发自自己脚下而是来自别的活物。轻轻回头一看，富士山就在那里，像是凭空而燃的蓝火。我发出叹息，觉得自己就是维新志士，就是鞍马天狗。我两手揣怀而行，有点忘乎

1 净琉璃、歌舞伎剧《朝颜日记》中的女主人公。

2 《安珍与清姬》是流行于日本纪伊国（现日本和歌山县）道成寺的传说。少女清姬被安珍背叛后化身为蛇渡过日高川，最终在道成寺将安珍烧死。

所以，自认为是个了不起的男人。走了很久之后，发现丢了钱包。钱包里装着二十来枚五十钱银币，大概是因为太沉而从怀中脱落。没想到我竟会毫不在意。没钱我可以一直走到御坂岭，就这么步行。转念一想，如果沿来路再走回去，钱包应该还在那里，于是手揣怀里，晃晃悠悠地返回。富士山、月夜、维新志士、丢钱包……这样的浪漫让我兴致盎然。钱包在路中央发光，它必定会在这里的。我拾起钱包回到旅社睡下。

我被富士山魅住了。那夜我成了痴人，完全失去了意志。现在想起那天夜里的事情，我仍有一种深深的瘫软感。

在吉田住了一宿，次日一回到御坂岭，茶店的老板娘就露出不怀好意的笑容，她十五岁的女儿则是满脸的不悦，我想不动声色地说明自己没做什么不干净的事情，虽不能汇报昨天一天的行动，还是私下向她说了大致情况，包括寄宿旅馆的名字、吉田酒的味道、月夜富士、遗失钱包等全都说了，姑娘也转嗔为喜。

“客人先生，你起来看！”一天早晨，姑娘在茶店外高声尖叫。我老大不情愿地起来到走廊看。

姑娘兴奋得满脸涨红，手指天空没说话。我一看是雪，不禁一怔。富士山上下雪了，山顶一片洁白，熠熠生辉，让我觉得御坂岭的富士山也不可轻看。

“真好呀！”

听我赞美，姑娘得意扬扬：

“华美吧？”她用了一个文雅的字眼，然后蹲下说，“还说御坂岭的富士山不行吗？”

我曾告诉她说这样的富士山俗气、不行，也许她内心因此而沮丧。

“富士山不下雪还是不行的。”我摆出一副总是有理的表情改口说。

我穿着棉袍在山上转了一圈，采了满满一捧月见草籽回来，播撒在茶店后门外。

“这是我的月见草，来年我还会来看，洗衣服的水可别再往这里泼了。好吗？”

姑娘点头答应。

我之所以特意选了月见草，是因为有一件事让我深信月见草与富士山非常相配。御坂岭的这家茶店是所谓的山中孤屋，邮件送不到这里。从山顶乘巴士颠半小时左右可到山麓河口湖畔的河口村，那是一个名副其实的寒村。寄给我的邮件都留置在河口村的邮局，我三天左右就要去取一次邮件。我选天气好的日子过去。此地巴士的女售票员并不专门为游客介绍风景，但也不时会突然想起似的用散文式的语调介绍，诸如那是三岭，对面是河口湖，里面有“西太公鱼”云云，语调有似一种忧郁的喃喃自语。

我在河口局取了邮件，又在巴士上颠着返回岭上茶店，途中身边一位六十来岁的老太太非常像我母亲，身穿深茶色披风，肤色苍白，面容端正，正襟危坐。女售票员像刚想起似的突然说：“各位，今天可以清楚地看到富士山。”还是弄不清算介绍情况还是自己一个人的咏叹。带双肩包的年轻上班族和梳着日本式大发髻、煞有介事地用手帕掩嘴、身穿绸衣、貌似艺妓的女人们都扭转身子，一齐把头伸出窗外，像是初见似的眺望那与往常毫无变化的三角形山脉，发出一声声弱智的感叹，车内一阵嘈杂，唯有我旁边的那位老人与其他游客不同，像是胸中有着深深的忧闷，不瞥富士山一眼，反而凝视着与富士山反方向的山路边的断崖。她的样子让我有一种令身体酥麻的快感。我也想告诉老太太说富士山什么的是那么俗气，不值得一看，让她见识一下我高尚、虚无的精神。尽管她没向我要求，我也想向她做出共鸣的姿态，让她知道我完全理解她的痛苦、寂寞。像是为了讨好，我悄悄靠近老太太，用跟她一样的姿势，朝着山崖方向呆望。

老太太大概也觉得我有可信之处，心不在焉地冒出一句：

“哦呀，月见草。”

说着用细手指指向路旁一处。巴士一驰而过，那朵仅被我瞥了一眼的金黄色月见草花至今历历在目，连花瓣的鲜艳都不曾消褪。

那毅然挺立的月见草真好，与三千七百七十八米的富士山傲然对峙，毫不畏葸。该如何形容呢，我想叫它金刚力草。月见草与富士山真是般配。

十月过半，我的工作却迟迟没有进展。我渴求与人交往。一天傍晚，晚霞通红，云块呈雁腹状。我独自在二楼走廊吸烟，一边凝视着山上红得滴血似的红叶，有意识地不去看富士山。茶店老板娘在店前扫集落叶，我跟她打招呼：

“大妈，明天天气会不错吧。”

我的声音走了样，几近欢呼，令自己也吃了一惊。大妈停下手中的扫帚，抬起头来，不解地皱眉问道：

“您明天有什么事吗？”

我被这么一问，有点发窘：

“没事。”

老板娘笑了起来：

“无聊了吧？去爬爬山如何？”

“上了山马上又要下来，没意思。无论爬什么山，看到的都是同一个富士山，一想到这就觉得郁闷。”

我的话或许有点怪，大妈只是暧昧地点点头，重又去扫落叶。

睡前，我轻轻掀起窗帘，透过玻璃窗看富士山。月夜的富士山苍白，那耸立的姿态像是水的精灵。我一声叹息：啊，看到富士山了。星星很大，明天是个好天气！仅此便让我暗生欢喜。我带着此番心情又轻轻合上窗帘去睡，却又躲在被子里苦笑，因为想到明天的好天气于我自身好像别无什么关系，所以觉得好笑。我挺苦的。比起工作——纯粹的笔耕——之苦——不，笔耕甚至反倒是我的乐趣——对于自己的世界观、艺术观，对于所谓明日的文学亦即对于所谓新意，我都踯躅不前、思虑烦恼，并非夸张地说是在痛苦挣扎。

准确地把握素朴、自然从而也是简洁、鲜明的事物，并直接将其投映于纸上，除此之外别无他法。想到这点，眼前富士山的形象在我眼中也就别具意义了。此种形象，此种表现，归根结底，也许就是我所考虑的“单一表现”之美吧。我虽这样开始对富士山稍作妥协，却仍觉得富士山此种直通通的素朴难免有令人无语之处。如果那是好的，那么布袋和尚[1]的供像之类理应也是好的了，但我对布袋和尚的供像实在不能容忍，觉得那样的东西实在不是好的表现。富士山的这个形象也总有什么地方不对。这两者是否不同呢？我再次陷入困惑。

朝朝晚晚看着富士山，我过着阴郁的每一天。十月末，山下吉田镇的一群风尘女分乘五辆汽车来到御坂岭。这天大概是每年一度的开放日。我从二楼看着此景。各色各样的风尘女下车后，就像从笼中倒出的信鸽，起初不知该往何处去，围成一堆，犹犹豫豫，默默地互相推搡。然后此番异样的紧张终于缓解，开始各自闲逛，有的安静地选购茶店店头陈列的明信片，有的驻足遥望富士山，那是一番阴暗、落寞、不堪卒睹的风景。

1 布袋和尚：中国唐代的禅僧，为洪福吉祥之神，又称弥勒菩萨，容颜喜人，袒胸露腹，常常带着一条布口袋四方化缘。

对此，二楼的一个男人有种共鸣，痛感是在糟蹋生命，但这种共鸣对于这些风尘女的幸福并无任何裨益，我只是不能不看而已。痛苦的任其痛苦，堕落的任其堕落吧，这些与我皆无关系。这就是世道。我虽如此强作冷酷地俯视她们，心中却苦得很。

我突然想到，还是拜托富士山吧："这些家伙，请多多关照喽！"我带着这个念头回头仰望，富士山毫无表情地突立于寒空。此时的富士山在我眼里甚至宛如一位老大，身穿棉袍，两手操怀，表情傲然。我如此拜托了富士山后便心安理得，不再理会那一群风尘女子，心情轻松地带着茶店六岁的男孩和家犬阿发去附近的隧道玩。隧道入口处有一位三十来岁的瘦弱风尘女，独自默默地采集着什么无名野花，我们从她身边经过时，她头也不抬只顾采花。我又一次回头仰望，为这个女人一并祈祷富士山，然后牵着孩子的手，快快走进隧道。隧道里冰冷的地下水滴在我的脸上和脖子里，我带着将一切置之脑后的念头，有意识地加大了自己的步幅。

那段时间，我的婚事也一时受挫。因为明确得知自己不会得到老家方面的任何支援，我陷入困境。我原先一厢情愿地指望得到至少一百日元左右的援助，用以举办一个小小但认真的婚礼，然后靠自己工作所得养家糊口。可是通过两三封信件的往复，明确了家里全无可能给予支援，我走投无路了。我因此做好了亲事告吹的思想准备，决定把事情经过权且都向对方和盘托出。我独自下山去了甲府的女孩子家，幸好女孩在家。我被带进客厅，在她们母女面前告白了一切情况。我为自己不时出现的演说腔而尴尬，不过这也相应地被她们视为直白和无所保留。姑娘态度平静，若有所思地问：

"这么说，是府上反对吗？"

"不，没说反对。"我把右手轻轻放在桌上，"我想他们的意思是让我自食其力。"

"没关系。"姑娘的母亲得体地笑着，"如您所见，我们也非有钱人家，婚礼若太夸张，反而感到麻烦。只要您自己对于爱情和职业具有热情，对于我们来说就行了。"

我竟忘了施礼答谢，只是对着庭院久久呆望。我意识到自己的眼睛发热，决心要对这位母亲尽孝。

回去时，姑娘一直把我送到巴士站。我在路上矫情地问：

"怎么样，是不是再交往一段时间看看？"

"不，时间够长了。"姑娘笑道。

"你还有什么问题吗？"我的话越发弱智了。

"有。"

我想，不管她问什么，我都会如实回答。

"富士山上下雪了吧？"

我被问得扫兴。

"下了，山顶上……"说到这里，我突然看见前方的富士山，觉得她问得奇怪，"怎么回事？甲府这儿不也能看到富士山吗？我被你耍了。"我的口气变得粗野，"刚才是个愚蠢的问题，我被涮了。”

姑娘低头窃笑说：

“可是，因为您在御坂岭，我若不问问富士山的情况怕是不好。”

我觉得这个姑娘真怪。

从甲府回来便觉得肩膀发酸，严重到影响呼吸的程度。

“大妈，还是御坂岭好啊，简直有种回到自己家里的感觉。”

晚饭后，老板娘和女儿轮换着帮我捶肩，老板娘的拳头硬而有劲，女儿的拳头太软，没什么效果。我让她再使劲，再使劲，她便拿了劈柴咚咚地敲我肩，如此才能消解我的肩酸，可见我在甲府时的紧张和努力。

从甲府回来的两三天中，我真的是迷迷糊糊，提不起精神干活，只是坐在桌前漫无目的地乱写乱画，抽了七八包“蝙蝠”牌香烟，然后就是躺着一遍又一遍地学唱《金刚石也不磨不成器》，仅此而已，小说是一页也没写成。

“您去了甲府后变糟了。”

早晨，我在桌前撑着下巴闭目冥思，十五岁的女孩在我背后一边擦拭壁龛，一边说道，语气有点挖苦，听得出发自心头的不悦。

我头也不回地说：

“是吗？变糟了吗？”

姑娘并没停下手中的擦拭，说：

“是的，变糟了。这两三天一点也不用功。我每天早晨都开开心心地按页码顺序帮您归拢写好后散放的稿纸，您写得越多我就越开心。您知道吗？昨晚我来二楼偷看过您，但您是在蒙头大睡吧？”

我为此觉得难能可贵。说得夸张一点，这是对于挣扎谋生的努力所予的声援，纯粹而不求任何报酬。姑娘令我觉得美丽。

到了十月末，山间的红叶也发黑变脏，一夜暴风雨后，眼见满山都是黑漆漆的枯叶林。现在游客寥寥可数，茶店门可罗雀。老板娘有时会带着六岁的儿子去山脚的船津、吉田购物，留下姑娘一人守店，如果没有游客，就是我和姑娘两人寂寞地待在岭上。我在二楼待得无聊，便会到外面转转，走到正在茶店后门洗衣的姑娘旁边，大声问一句“无聊吧”，再突然一笑，姑娘便会低下头偷看我这时的表情，一副吃惊的样子，简直要哭出来似的，明显是很害怕。我察觉后满脸不高兴地转过身去，带着不悦的心情，踏着重重的脚步，沿着铺满落叶的山间小路来回走动。

打那之后我就注意着姑娘独自在家时尽量不出二楼房间。有客来茶店时，我就慢慢悠悠地下楼，坐在茶店一隅慢慢地喝茶，其中含有守护姑娘的意思。一次，一位新娘妆的客人，由两个身穿家徽服的老伯陪着乘汽车过来，在这家山中茶店歇脚。当时也是只有姑娘一人守店，我依旧从二楼下来，坐在角落的椅子上抽烟。新娘穿着下摆带大花纹的长和服，束着金线织花锦缎腰带，戴着白色头纱，是一套正式的婚服。因为客人不同寻常，姑娘不知应如何接待，给新娘和两位老人上了茶后就悄悄躲在我身后，默默看着新娘。新娘可能是从山对面嫁到山后面的船津或是吉田，途中在这山顶歇歇脚，在这一生一次的好日子里来看看富士山的。这种浪漫，即使看着也让人心痒。其间，新娘不声不响地从茶店出来，站在店前的崖边，悠然地眺望富士，两腿交叉成X形而立，一种大胆的造型。我重又观赏富士山和新娘，心中感叹她的雍容，谁知没多会儿新娘对这富士山打了个大大的哈欠。

“啊！”

我的背后发出一声低低的叫喊，好像是女孩也立刻注意到了这个哈欠。新娘一行终于乘上等候着的汽车下山去了。然后新娘就遭到了议论。

“真够不拘小节的。那女人一定是第二回，不，第三回了。她丈夫大概是在山下等着。下车看富士山啥的，如果是第一次出嫁，脸皮不会那么厚的。”

“还打哈欠呢。”姑娘也竭力附和，“把嘴张得那么大打哈欠，真够皮厚的。您可别娶个那样的媳妇哟。”

我虽已老大不小，却还是脸红了。我的婚事也渐渐向好的方向发展：一位前辈承诺一切都由他来照应，婚礼也在他家办，只请两三位近亲到场，简朴而严肃。我深受这种人情感动，心中如少年般激动。

进入十一月，御坂岭已寒气逼人，茶店备了火炉。

“二楼挺冷的吧？您可以在火炉旁工作。”

尽管老板娘这么说，可我在别人面前无法工作，于是便拒绝了。老板娘放心不下，去山下的吉田买来被炉。我在二楼房间钻进被炉，真心想对这家茶店的人的热心表达谢意，可是望着全貌的三分之二已被雪所覆盖的富士山，走近附近群山间那一片片萧条的枯叶林，我就觉得继续在这山上忍受这彻骨严寒已无意义，于是决意下山。下山的前一天，我套了两件棉袍，坐在茶店的椅子上喝着热茶，这时看到两位打字员模样的年轻知识女性穿着冬季的外套，从隧道方向咯咯地笑着走过来，她们突然看到眼前雪白的富士山，像遭击似的站住，然后像是在悄声商量一般，其中一位戴眼镜的白肤姑娘笑嘻嘻地朝我走来：

“劳驾，请帮忙按一下快门。”

我不知所措。我不大懂机械，对照相也毫无兴趣，而且还套着两件棉袍，连茶店的人也笑我一副山贼模样。以这副邋遢相，被多半是来自东京的华美女孩托办这种新潮的事情，内心是十分狼狈的。又转念一想，尽管我这副模样，但在别人看来，或许有几分奢华的味道，是个会熟练操作照相快门之类的男子呢。在这一点点得意心理的支持下，我用若无其事的口气稍稍询问了一下快门的操作方法，然后战战兢兢地看取景器：

大大的富士山位于正中央，下方是两枝小小的罂粟花，两人穿着一样的红外套紧靠在一起，几近抱拥状，摆出严肃认真的表情。我觉得实在怪异，拿相机的手抖得无法自持。我忍住笑看取景器，罂粟花越发清晰、稳定。我实在难以确定目标对焦，索性把两人的身影从景框中驱除，只抓住富士山，让它占满镜头。再见了，富士山，多谢你的关照。咔嚓！

“拍好了。”

“谢谢。”

两人齐声道谢。回去显影后她们会大吃一惊吧——只看到富士山的大画面，自己的形象却无影无踪。

我第二天下山了，先在甲府的廉价旅社住了一宿。次日早晨倚着旅馆走廊脏兮兮的栏杆看富士山，甲府的富士山在群山的后面，露出约三分之一的颜面，有点像酸浆果。

一九三九（昭和十四）年二月至三月作

黄金风景

海岸边有棵绿橡树，橡树上系着根金链。

——普希金

小时候的我不是个好孩子，会欺负女佣。我讨厌磨磨蹭蹭，所以格外欺负动作迟缓的女佣。阿庆是个做事磨蹭的女佣，哪怕削苹果，也会边削边走神，其间会有两三次停下手来，若不厉声朝她吆喝一下，她会一手拿着苹果一手拿着刀一直愣神，让人怀疑她脑子是否正常。我经常看见她在厨房里啥都不做，只是呆呆地站着的样子，即便以我的孩子心，也会觉得不像话，从而升起无名火，扔过去一句:“喂，阿庆，没日子给你磨蹭了!”这种话不应该出自孩子之口，如今想起仍觉邪恶，不禁毛骨悚然。不仅如此，我有一次还把阿庆叫来，让她用剪刀把我的绘本上阅兵式画面中上百名士兵一个个分别剪下来，这些士兵有的骑马，有的举旗，有的扛枪。笨手笨脚的阿庆从早剪起，中饭没吃，到晚只剪了三十来人，其中大将的胡须缺了半边，士兵拿枪的手剪成可怕的大熊掌。我为此一件件地数落她。时值夏天，阿庆好出汗，剪下来的士兵都被她的手汗浸湿，我终于忍无可忍，踢了阿庆，应该是踢到了肩膀，阿庆却捂着右腮，突然跪了下来哭着说："爹妈也没踢过我的脸，我会记一辈子的。"那种呻吟般的哽咽让我也不能不心中发毛。除此之外，我还对阿庆百般作弄，简直就像一种天命，直到现在，我仍对愚笨的鲁钝者多少有些难以容忍。

前年，我被逐出家门，一夜之间变得走投无路，彷徨于背街小巷，泣求于四面八方，今日不知明日事。总算想到写点东西来养活自己的节骨眼上，又不幸得病。靠着众人的同情，我在千叶县船桥町的一片泥沼旁租了一处小屋，可以自炊养病。我整夜整夜地与盗汗搏斗，被褥都能拧出水来。尽管如此，我仍必须干活。唯有每早的一百毫升冷牛奶，带给我一种感到自己还奇妙地生存着的愉悦，而院子角落盛开的夹竹桃花则让我有一种火灼般的感觉，令我头痛难忍，疲劳不堪。

事情就发生在那段时间。一个年近四十的瘦小警察来查户口，在玄关处仔细比对户口册上我的姓名和我这张胡子拉碴的面孔，嘀咕着："啊呀，您不是……家少爷吗？"听他这带有浓重的我老家口音的话，我觍着脸皮回答："是的。您是……"

警察的瘦脸上堆满笑容，几乎像是一副苦相。

"呀，果然没错。您也许不记得了，大概二十年前，我在K地做马车夫。"

K是我老家的村名。

“如您所见，”我板着脸说，“我如今落魄了。”

“瞧您说的。”警察依旧笑呵呵的，“您写小说会有大出息的。”

我苦笑。

“不过，”警察稍稍压低了声音，“阿庆一直念叨着您。”

“阿庆？”我一时反应不过来。

“阿庆呀，您忘了吗？府上的女佣……”

想起来了。我不禁“啊”了一声，蹲在玄关台阶板上垂下了头，清晰地想起了二十年前自己对一个迟钝女佣的一件件恶行，恨不能有个遁身之处。

“她幸福吗？”我突然抬头贸然发问。我至今还记得自己当时脸上真真实实地浮现出罪人、被告的那种卑屈的笑。

“欸，还可以。”警察回答得无忧、爽朗。他用手帕擦拭额头的汗水，“您不介意吧，我改日带她一起来好好谢您一次。”

我惊得几乎跳了起来，强烈拒绝，挣扎于一种难以言说的屈辱感中。

可是警察仍开朗地说：

“我跟您说，我孩子在这里的车站工作，这是大儿子。下面还有一个男孩和两个女孩，最小的八岁，今年上小学了。我们已经不用操心。阿庆也够操劳的，怎么说呢，毕竟是在府上这样的大户人家见过世面，总有说不出来的不一样。”他笑了，脸有点红，“托您的福。阿庆也整天念叨着您。下次公休日一定要一起来谢您。”他的表情顿时认真，“今天我就告辞了，您多保重。”

又过了三天，我为钱的事情烦得无心工作，在家里待不住，于是提着根竹杖，准备去海边走走，打开玄关门时，外面站着阿庆家三人，穿着夏季和服的父母和穿着红色洋服的女孩并排而立，构成一幅美丽的画面。

我用自己也觉意外、可怕的声音恶狠狠地说：

“你们来了？我有事马上要出去。对不起，你们改日再来吧。”

阿庆已是一副得体的中年主妇模样，八岁的女儿长得酷似女佣时代的阿庆，用稍显迟钝的浑浊目光呆呆地抬头看我。我心里一阵悲哀，趁阿庆未及开口说话便逃也似的朝海滨方向奔去。我用竹杖横劈着海滨的杂草，一次也不回头，顿足捶胸般沿着海岸朝着镇上的方向一步一步地径直走去。我在镇上不知该做什么，只是毫无目的地仰望活动店铺的广告牌或盯着绸缎庄的橱窗愣神。我因懊恼而不时咂舌，心中某处角落有一个声音在低语：“输了，输了。”这让我难以忍受，我使劲抖了抖身体，继续走路。这种状态大概持续了三十分钟，我重又朝自己的家走去。

到了海边，我站住了。看呀，前方是一幅和谐的画面，阿庆亲子三人悠闲地在朝海里投石子玩。他们开心的说笑声传到我耳边。

“真了不起。”警察用力投了一块石头，“看得出他是个聪明人吧？将来一定会有出息的。”

“那当然，那当然。”阿庆自豪地大声说，“他从小就与众不同，对下人也特别亲切、关照。”

我站在那里哭了，先前那种可怕的冲动被泪水溶化，让我变得心情舒畅。

我输了，这是好事，必须这样。他们的胜利为我明天的出发送来了光亮。

一九三九（昭和十四）年三月作

新树的话

甲府属于盆地，四面皆山。我在小学的地理课上开始接触“盆地”这个词语，从老师那里得到各种各样的解释，却总是难以想象盆地的实景，来了甲府一看，才有了“原来如此”的体会：抽干一个大的池沼，再在沼底垦田建房，这就是盆地。当然，要想造出甲府这么大的盆地，非得抽干方圆五六十里的湖水才行。

若说沼底是个谜，甲府也许会被想象为一个阴郁的城市，实际上这是个华丽而有活力的小城。人们常把甲府说成“擂钵之底”，其实并不恰当，甲府更为时尚。把一顶高筒礼帽倒翻过来，然后在帽底立起一面面小旗——如果你把这想象为甲府，那就对了。这是个渗透着文化气息的美丽城市。

早春时分，我在这里工作过一段时间。一个下雨的日子，我没带伞，往澡堂去。澡堂很近。途中突然遇到一位穿雨衣的邮差。

“啊，正好。”邮差小声叫住我。

我并不吃惊，觉得应该是有我的信，面无笑容地默默向邮差伸出手去。

“不，今天没您的信。”邮差微笑着，鼻尖上的雨滴闪闪发光。这是一位二十二三岁的青年，面颊红润，表情可爱：

“您是青木大藏先生吧？”

“唉，是的。”青木大藏是我原来的户籍名。

“真像。”

“什么？”我有点不知所措。

邮差笑嘻嘻的。两个人淋着雨在路上相对而立，半天不作声，有点怪怪的。

“您认识幸吉吧？”他的态度过于自来熟，语调还带着几分调侃，“您认识内藤幸吉先生吧？”

“内藤……幸吉……？”

“唉，是的。”邮差自信地点着头，像已断定我认识。

我还是考虑了一下。

“不认识。”

“是吗？”邮差这下犯了思忖，“您府上是在津轻吧？”

反正不能这么让雨淋着，我不声不响地躲到了豆腐坊的屋檐下：

“过来吧，雨下大了。”

“嗯。”他顺从地与我并肩在檐下避雨，“是津轻吧？”

“是的。”我答话的语气冷淡，令自己也有点意外。只要触及家乡，哪怕只有只言片语，我也会特别沮丧，特别难受。

“那就对了。”邮差桃花般的脸颊笑出了酒窝，“您是幸吉的哥哥。”

我不由自主地一愣，不快地说：

“您这话莫名其妙。”

“不，肯定没错。”他一个人欢欣鼓舞起来，“真像。幸吉该开心了吧。”像只燕子一样，他矫健地蹦到雨中的街路，“那就回头见了。”跑了几步又回过头来，“我马上去告诉幸吉。”

我被独自留在豆腐坊的屋檐下，如同做了一场梦，白日梦，毫无现实感。这事真荒唐。我一气奔去澡堂，把身体浸在浴池中，从容地想了一下，心情变得不愉快，甚至火冒三丈，就像自己老老实实地在睡午觉，啥都没干，却飞来一只蜂蜇了一下脸又飞走了。纯属灾难。我避开东京的种种恐怖，悄悄来到甲府，不让任何人知道自己的住所，稍稍定下心来，做着一份收入不高的工作。最近工作总算进入状态，自己因此暗自窃喜之际，这种事无疑属于无妄之灾。一些不知来路的人物，接二连三地出现在眼前，朝着我笑，跟我搭话。我被这些怪物包围，无以应对，不知所措。此类情景，想想都令人不快。无论是在工作还是其他方面，我都不认识那个人，想必是把我与谁弄混了，不，一定是认错人了。内藤幸吉……想来想去都不认识这个人，更不用说什么“兄弟”了，真是胡扯。明摆着是认错人了。哪天见了面就可一清二楚。不过，他对我的这种不快又该如何负责？被一个陌生人称“哥”并表思念之情，不啻一种戏弄，让人生厌。那种温温黏黏的感觉，连喜剧都算不上，只是一种廉价的弱智。

被一种难以忍受的屈辱感驱使，我出了浴池，站在更衣室的镜前，发现自己的表情凶恶得让人生厌。

还有一种不安：今天这种意外，会不会使我的生涯又一次逆转，无情地让我跌入深渊？我又想起过去的悲惨，觉得这确是自天而降的难题。面对这种荒唐至极的难题，我哭笑不得，束手无策，继而心情变得险恶。回到住处后，我漫无意义地把写了一半的稿纸扯碎，此时那种在灾难面前听之任之的劣根性抬头，像是在给自己辩解似的嘀咕："心情如此不好，还干啥活呢？"从壁橱拿出一升装的甲州产白葡萄酒，用茶杯大口大口地喝下，有了醉意，便拉开被子睡了。我就是这么个犯浑的男人。

旅馆的女佣叫醒了我：

"醒醒，醒醒。有客人来了。"

"来了！"我一跃而起，"让他进来。"

电灯光有点朦胧，纸拉门泛出黄色。约是六时光景。

我迅速地把被子塞进榻榻米房间的壁橱，整理了一下房间，穿上和服外衣，系好纽带后端坐在桌边，异样地紧张。真的，对我来说，如此奇妙的经历此生还属首次。

来客只有一人，穿着久留米产白点花布外衣，由女佣领着在我面前默默坐下，恭谨地深深一鞠躬。我不知所措，甚至来不及认真回礼就说：

“应该是认错人了。抱歉，应该认错人了。这事有点荒唐。”

“不。”他低声说，保持着鞠躬的姿态，仰起端正的脸庞。他的眼睛过大，给人一种软弱、异样的感觉，可是额、鼻、唇、下巴都给人一种雕刻般清晰的线条感，与我毫不相似。

“我是阿鹤的儿子。您忘了吗？我母亲曾是您的奶妈。”

“啊！”被他这么清楚地一说，我立刻想起来了，莫名激动，差点要跳了起来。

“是吗？是吗？是这样吗？”我大声笑了出来，自己都觉得失态，“不可思议，真的太不可思议了。是吗？是真的吗？”我说不出其他话来。

“哈……”幸吉也露出白牙明快地笑了，“想着有一天能遇到您呢。”

好青年，这是个好青年。我一看到他就明白这一点。此可谓“三生有幸”“欢天喜地”……诸如此类的话语都用得上，简直就是一种令人觉得麻酥酥、喘不过气来的欢喜。

我刚生下来就被交给奶妈带，原因不明，也许是因为母亲身体不好。奶妈的名字叫“鹤”，出生于津轻半岛的渔村，好像还很年轻时就相继死了丈夫和孩子。我家发现她孤身一人，便雇了她。这位奶妈一直顽强地支撑着我，教我一定要成为世界一流伟人。她专注于我的教育，在我五六岁时就担心其他女佣对我娇纵。我至今不忘她正襟危坐地教我那些成人的道德，诸如哪个女佣好，哪个女佣不好，好在哪里，坏在哪里，等等。她读各种各样的书给我听，片刻也不离开我。大概在我六岁的时候，鹤带我去村里的小学，让我坐在三年级教室后面的一个空座位上开始听课。我学会了认字，不费事就学会了。可是到了算术课时我就哭了，我完全不懂，怎么也学不会。鹤一定也很遗憾。我在她面前特别夸张地大哭，因为无地自容。我曾把鹤当作母亲，而开始意识到自己的生母才是母亲，已是很久之后的事。一天夜里，鹤离开了。我在梦境中觉得嘴唇发冷，睁开眼睛看见鹤端坐在我枕边。灯光昏暗，鹤却打扮得洁白美丽、光彩照人。她冷冷地坐着，宛如一个外人。

“能起来吗？”她小声说。

我努力想起床，却困得不行。鹤悄悄地站起走出房间。翌晨我起床一看，才知鹤已不在家里了。“鹤不在了。鹤不在了。”我伤心地哭着在地上打滚。尽管还是孩子，却已有了肝肠寸断的感觉。当时若是听鹤的话起床，结果会是怎样呢？只要想到这，我至今悲悔交加。鹤远嫁了外地——这是我很久以后才听说的。

在我小学二三年级时的一个盂兰盆节，鹤来过我家一次，已经全如陌人。她带着一个白皙的小男孩，与他并肩坐在厨房的炉旁，似做客般一本正经。她对着我也鞠躬如仪，其实透着生分。祖母夸耀地向鹤介绍我的学习成绩。见我不由自主地露出笑容，鹤正对着我教导说：“即使在乡下拿第一，到了外面，更强的孩子可多着呢。”

我心里咯噔一下。

打那以后，我再没见到过鹤。随着岁月迁移，关于鹤的记忆变得淡薄。我进高中那年，暑假归乡时从家人那里听说鹤的死讯，却甚至没怎么哭。鹤的丈夫是甲州一家甲斐绢批发店的掌柜，曾一度丧妻，且无子女，独身多年，每年来我老家跑一次生意，在此期间经人介绍娶了鹤。这些情况也是我在那次归乡时听说的，仅此而已，连我家里人对其他情况也无多了解。毕竟分别了十年，不管鹤是死是活，作为实感残存的仅是一位全心抚育我的母亲，那位年轻的鹤。我尽管对她存有感念之心，但在此范围之外的鹤，于我则如陌人，以致听到鹤的死讯，我仅是想到：“啊，真的吗？”此外并无太大的冲击。自那之后又过了十年，鹤在我的记忆深处变得又远又小，但那珍贵的光辉绝未消失。由于我对鹤的印象已完全固化为一种纯粹的记忆，所以我根本想不到竟然会与当下的现实生活发生联系。

“鹤在甲府住过吗？”我连这也不知道。

“嗯，我父亲在这里开过店。”

“是在甲斐绢批发店干活……”我以前也听家里人说过鹤的丈夫是甲斐绢批发店的掌柜，所以还记得这事。

“是的。先在谷村一家名叫丸三的店里打工，后来独立在甲府开过布料店。”

幸吉说话的语气不像是在谈一个活着的人。

“令尊还健在吗？”

“啊，已经过世了。”回答得很干脆，然后有点落寞地笑了。

“这么说，你双亲都……”

“是的。”幸吉语气淡然，“母亲的去世您是知道的吧？”

“知道。我在进高中的时候听说的。”

“十二年前，我十三岁，刚好是小学毕业那年。之后又过了五年，我初中毕业前夕，父亲死于疯病。母亲去世后，他好像就没了精神，后来又开始变得有点游手好闲。店的规模虽然已经相当不小，却走了下坡路。当时布料店好像是全国性地衰败，他大概也经受了各种各样的磨难，死得挺惨，是投井死的，不过我们对外只说死于心脏病。”

他的语气并无犹疑畏缩的样子，但也并非那种露恶癖似的自暴自弃，而是一种心无旁念地简述事实的态度。我从他的话语中甚至能感觉到一种爽朗，却又因为触及他人家里的琐事而感不安和不快，于是立即转移话题。

“鹤去世时多大年纪？”

“母亲吗？母亲三十六岁去世。了不起的母亲，临死前还叫着您的名字。”

谈话于是中断。我不说话，青年也陷入了沉默。正当我因一直找不到话说而无措时，他出手相救：

“您忙吗？咱们出去走走吧。”

我也如释重负：

“啊，出去吧。一起吃个晚饭好吗？”随即起身，“雨好像也停了。”

两人一起出了旅馆。

青年笑着说：

“今晚我有个计划。”

“啊，是吗？”我已经没有任何不安。

“您别多问，跟着我就行。”

“知道了。去哪儿都行。”我已觉得牺牲全部工作也不足惜。

走在路上时，我说：

“不过，真没想到还能见面呢。”

“是的。早就听母亲一天到晚提到您的名字，说句有点失礼的话，就觉得您是我的亲哥哥，并有一种奇妙的乐观，总觉得有一天会遇到您。说来也怪，因为确信有一天会见面，我也就不着急了。只要自己能健健康康地活着……”

我意识到自己的眼睑突然一热，觉得有人在不知处这样期盼着自己，自己的生命也有了价值。

“我十来岁，你三四岁的光景，咱们不是见过一次吗？鹤在盂兰盆节的时候带了一个肤色白白的小孩子来。那孩子老实而懂规矩，我因此还有点妒忌。那就是你吧？”

“可能是我，我也不大记得了。长大之后听母亲说起，觉得依稀有点印象。不管怎么说，那是一段很漫长的旅程，您家门前流着一条好看的河。”

“不是河，那是条沟。院子里池塘的水漫过去的。”

“是吗？您家前面还有一棵大的百日红树，开了好多通红通红的花。”

“不是百日红吧？要说合欢树倒是有一棵，而且也不算大。也许因为你那时还小，无论是沟还是树，看起来都觉得挺大挺大。”

“也许是的。”幸吉顺从地笑着点头，“除此之外就啥都不记得了。要是能一直记得您的模样就好了。”

“不记得三四岁时的事情是理所当然的，不过怎么样，第一次见到的这位老哥，闲住在那种廉价旅社，是不是有点其貌不扬、寂寞潦倒呀？”

“不。”他否定得干脆，却总透着点勉强。我也觉得落寞。若是知道有他存在，自己起码是个中学教师之类该有多好——我为此懊丧。

“先前那位邮差，是你的朋友吧？”我转移话题。

“是的。”幸吉的表情立刻变得明朗，“是我的好友，姓荻野，是个好人。他这次立了功。我早就跟他说过您的事情，所以他也知道您的名字，于是在经常给您送信期间，突然想到会不会就是此人。五六天前他来我这儿说到这事，我也非常兴奋，问他是怎么样的一个人。他说平时只是把信投进旅馆的信箱，并没见过您的样子。于是我让他悄悄地去察看一下，要是认错了人，可就丢丑了。这次连妹妹也跟我一起激动起来。”

“你还有妹妹？”我的兴致益发高了。

“是的，与我相差四岁，二十一了。”

“这么说，你……”我突然觉得脸颊发烫，连忙转移话题，“二十五了吧？跟我相差六岁。在哪里工作？”

“在那个商场。”

我抬眼看见大丸百货那五层楼里每个窗口都灯火通明。这里已是樱町，甲府最繁华的街道，被当地人称作“甲府银座”，宛如修整得干干净净的浓缩版的东京玄坂街，马路两侧络绎不绝的人流也显得悠闲而时尚，露天花木商店里已摆有杜鹃花。

沿着商场往右转弯便是柳町。这里显得安静，但两侧的房屋都是黑压压的老铺，应该是甲府格调最高的街道了。

“商场现在挺忙的吧？听说生意挺好。”

“挺累人的。这些日子仅因比别人提前进货，一天就可多赚近三万日元。”

“在那里干了很长时间吧？”

“初中毕业开始干的。因为是孤儿而被大家同情，再加上父亲的朋友、熟人照应，得以入职那家商场的衣料部。大家都很热心，妹妹也在商场的一楼工作。”

“了不起。”我并非在说奉承话。

“也不能由着自己性子的。”

他的语气突然变得老成而深沉，让我觉得好玩。

“不，你确实了不起，一点也没沉沦。”

“我只是在做自己能做的事而已。”他有点自得，然后停下脚步，“到了。”

我一看，又是一家黑色门脸的老式料亭，门面幅度约有十间[1]。

“太高级了。很贵的吧？”我钱包里仅有一张五日元纸币和两三日元零钱。

“可以，没问题的。”幸吉意外地自信。

“一定很贵的，这家店。”我无法安然。朱色的大门匾上刻有“望富阁”店名，仅此便有一种威风仪仪的昂贵感觉。

“我也是第一次来。”幸吉也有点犯怵，小声说道。可他想了想后又稍稍振作起来，“可以，没问题。必须是这里。来，咱们进去。”

好像有什么名堂。

“能行吗？”我不想让幸吉多花钱。

“我事先计划好的。”幸吉语气果断，然后又笑了，似乎因觉察到自己的兴奋而不好意思，“今晚不是说好的吗？不管去哪里，咱们都在一起。”

被他这么一说，我也下了决心，断然道：

1 “间”为日本旧式的长度单位。一般来说一间约等于1.82米。

“行，进去。”

进了这家料亭，幸吉显得不像是初客。

“我要二楼临街方向的八铺席包间。”他对领座的女佣说。

“呀，楼梯也加宽了。”

他四下张望，一副亲切感。

“怎么，你不像是第一次来嘛。”我小声说。

“不。我是第一次来。”他立即答道，然后又盯着女佣打听，“八铺席的房间太暗了吧，十铺席的光线是不是好一些？”

我们被带到二楼临街方向的十铺席间，一个很好的榻榻米包间，格窗、墙壁、隔扇都显得古朴而厚重，不是那种廉价的装修。

“这儿一点没变。”与我隔桌坐下后，幸吉抬头看看天花板，又回头看看格窗，有点惘然地说，“壁龛是不是有点变样了？”

然后又直视我的面孔笑嘻嘻地说：

“这里曾是我的家。我就想过要来看一次的。”

听他这么一说，我顿时兴奋：

“啊，是吗？难怪觉得房子的结构不像餐馆的样子。原来是这样。”我重新环视房间。

“这个房间曾经堆了很多店里的东西，我们把布匹当作山，当作谷堆，爬上去游戏。这个位置光线很好的吧？所以母亲常常坐在您现在坐的那个位置上干针线活儿。虽已过了十年，可是进了这屋一看，还是让人清楚地想起了以前一件一件的事情。”他轻轻站起身，把面朝大街、光线明亮的拉门打开一道缝，“啊，那边也是一样。那是久留米布料店。它隔壁是线料店，再隔壁是秤店，一点都没变。呀，看到富士山了。”他朝我回过头来，“近在眼前。您看，和以前一样。”

我早就不耐烦了。

“回去吧。不行，不能在这里喝酒。既已看过，就回去吧。”我甚至不开心了，“这计划真差劲。”

“不，我并非有什么感伤。”他关上拉门，来到桌旁在我旁边坐下，“反正已经是别人的房子了。不过，久违之后过来看看，看什么都觉得新奇，我挺开心的。”

这并非假话，他露出由衷的微笑。

他那种丝毫没有抵触情绪的态度，令我感佩何如。

“喝酒吗？不过，我只能喝少许啤酒。”

“清酒不行吗？”我也决定在这里喝酒。

“我不喜欢。父亲是个酒鬼。”说这话时，他笑得挺可爱。

“我不是酒鬼，但喜欢喝。那就我喝清酒，你来啤酒。”我已批准自己今夜喝个通宵。

幸吉击掌召唤女侍。

“这里不是有呼铃吗？”

“啊，是吗？我家那时还没有这种东西。”

我俩都笑了。

那一夜我酩酊大醉，而且醉态意外丑陋。我很少哼摇篮曲，更从来不会在喝醉时唱摇篮曲，可是那夜不知是触了哪根神经，胡乱地唱着老家的摇篮曲，幸吉也低声吟和。真不该那样，就像突然间背负了全世界的感伤，让人无法承受。

“可是……好呀……咱俩算是乳兄弟，挺好的呀。血缘关系有点太浓了，浓得黏糊糊的，有点受不了。所谓乳兄弟，以乳水相连，清清爽爽。啊，今天真好!”我这样说，努力试图摆脱面临的郁闷，却总觉得自己盘腿坐在奶妈鹤每天奋力做针线活的那个位子上，是没有理由喝得酩酊大醉的。抬眼一看，鹤就似坐在我的身边弓着腰缝纫，我实在无法悠闲从容地跟幸吉说话。我独自大口喝酒，一边信口说着一些让幸吉难堪的话，开始霸凌弱者。

“喂，我先前说了，你见到我，一定很失望吧？不，我知道的，不想听你辩解。如果我是大学老师之类，你早就打听到我在东京的住址，并且和你妹妹一起来找我了。别，我不想听你解释。可是我现在居无定所，是个连自己都瞧不起的作家，毫无名气。我除了青木大藏这个名字，还有一个只在写小说时才用的怪名，不过我就不说了，说了你们也不会知道，一个从来没听说过的怪名字，说了也白说。可是你不可轻视我，世间着实需要我们这样的人。我们是一个不可或缺的重要齿轮。我对此深信不疑，因此再苦也要顽强地活着。不但不能死，还要自爱，做人不可忘记自爱。最后可以依赖的也唯有自爱。我马上就会出人头地，信不信，像这样的房子，可以豪气满满地给你买回一两栋来。不可丧气，不可丧气，要自爱。只要不忘这点就没问题。”我越说越难自禁，“不要丧气，好吗？你父亲，还有你母亲，两人合力盖起了这房子，然后又因背运失去了它。可是，如果我是你父母，就不会为此特别难过。两个孩子都健康成长，从不被人非议，过着痛痛快快的日子，还有比这更开心的事吗？这就是最大的胜利，Victory。怎么样，一两栋这样的房子并不可恋，抛开吧，那已是过去的森林。要自爱。我在这里，就容不了哭哭啼啼的家伙。”偏偏是我自己在哭泣。

然后就是一塌糊涂了。我几乎不记得自己说了什么做了什么。幸吉领我上过一次卫生间。

“你对这里路路清。”

“母亲总是把卫生间打扫得最干净。”幸吉笑着回我。

此外还记得，我烂醉就地躺倒时，枕边传来少女的声音：

“荻野说挺像的，可是……”

我想是他妹妹来了，于是躺着说道：

“是的，是的。幸吉和我不是一家人，没有任何血缘关系，只有乳缘关系。如果相像，能受得了吗？”说着故意翻了个身，“要是也像我这样喝酒可就完蛋了。”

“可别这么说。”少女的语气无邪而坚持，“我们可高兴了。您要保重，别喝得太多了。”

那严肃的语调恰似奶妈鹤的语调，于是我眯缝着眼往上偷看枕边的少女。她端坐着定睛看我，视线与我的醉眼相撞，露出微笑。她美如梦幻，酷似出嫁那夜的鹤。我从此前粗野的烂醉状态解脱，变得极其平静，然后似乎陷入了沉睡。我醉得厉害，除了上厕所时的情景以及少女的微笑这两件事后来一直记忆犹新，其他都一概不知了。

我好像是在半睡半醒中被架上汽车，幸吉兄妹在我的左右，途中听到一种奇怪的鸟鸣声。

“那是什么声音？”

“鹭鸶。”

我依稀记得有过这样的对话，醉中还生出“毕竟是在山城”之类的旅愁。

我被送到旅馆，甚至连被褥都好像是幸吉兄妹替我铺的。我像一条被丢弃的鳕鱼，衣冠不整地睡至第二天近中午时分。

“邮差在玄关等着。”我被旅馆女佣叫醒。

“有挂号信吗？”我还有点迷糊。

“不。”女佣笑了，“他说想见您一下。”

我终于想起来了，想起了昨天全天的一件件事，却又觉得自始至终全然如梦一般，无论如何难以想象会发生在现实世界。我用手掌擦拭着鼻翼的油脂，到玄关一看，昨天那位邮差站在那里，依旧是那副可爱的表情，笑着说：

“呀，还在休息吧？听说昨晚喝醉了，没事吧？”

他的语气极为熟络。

“没事。”我毕竟也脸上挂不住了，用嘶哑的声音不快地答道。

“这是幸吉先生的妹妹送的。”他递过来一束百合。

“这是怎么回事？”我茫然地看着这三四朵白花，打了个深深的哈欠。

“昨晚好像是您说的吧，不需要任何照顾，若有一束花装点一下房间就足够了。”

“是吗？我说过这话？”我暂且接过了花，“谢谢了。请你代我转告幸吉和他妹妹，昨晚实在是失礼了。我平时不是那样的，所以请他们别怕，以后尽管来旅馆玩。”

“可是他说了，您讲会影响您工作，让他别再来旅馆了。所以他们说还是等您工作结束后，一起去御岳山玩。”

“是吗？我说过那种混账话吗？工作方面的事情，总是可以对付的，所以你告诉他们，不管去御岳还是去哪里，一定要一起去。我随时都可以，越早越好，希望这两三天之内就走。反正你对他们说，根据你们的方便安排，我真的随时都行。”我的态度认真起来。

“明白。我也一起去。以后还请多关照。”

他的语气特别慌张，令我重又看他的表情，他的脸涨得通红。

我稍作思忖，顿有所悟。这位邮差与那少女之间一定发展着一种谨慎而又顺利的关系。我那略带清寂和困惑的感情此时立刻得到了澄清，觉得这样倒也不错。

我让女佣找一个现成的花瓶，养上百合花后拿来我的房间，然后回到屋里坐在桌前，想着必须要好好工作。一位好弟弟和一位好妹妹在隐隐中给我的声援让我背脊发凉，使我感到即便是为了他们，也应该设法变得更有出息一些。我偶然将视线转向一旁，发现昨晚穿出去的和服整整齐齐地叠放在枕边，一定是昨晚被我那新识的小妹脱下后叠好的。

此后的第二天发生了火灾，起火时我因工作还没睡。半夜两点过后，警钟猛响。那声音实在激烈，引我起身打开玻璃拉窗，看见熊熊烈火。火场离旅馆很远，却因为当夜全然无风，火焰直冲云天，那熊熊火势从我所在处都似清晰可闻其声，呈现一种令人战栗的壮观。我蓦然看到月夜中富士山的朦胧山影，或是心理作用，觉得富士山也在火光中呈现浅红，四周山影宛似流汗，宛似日映下的赤潮，而甲府的火场则像沼底的熊熊篝火。就在失神眺望之际，我想起了柳町和前夜的望富阁。离火场很近，确实就在那一带。我把短外褂套在棉袍外，三两下围上毛线围巾，奔出大门，一口气跑了十五六个丁[1]目，直到甲府站前，已累得不能站立。我抱着电线杆作为支撑，喘着粗气稍作休息。这时果然看见从我面前络绎奔走的人们互相呼唤着“柳町”“望富阁”。我这时反倒定心了，慢慢走到县政府门前，听见人们交头接耳地说往城楼去。我也意识到如果登上城楼，火场情况一定清晰可见。我跟着人群，颤颤巍巍地沿着舞鹤

1　丁：① 指面积；② 测量距离的单位。1丁约等于109米。这里主要指第二层含义。

旧城墙的石阶登上石垣上的广场，看见脚下大火发着轰轰声响，令人凄然，如同俯视着火山口，也许是心理作用，甚至感到眉毛发烫。我突然浑身发抖。不知为什么，每当见到火场就全身发抖，这是我自幼而来的怪癖，诚如“齿根不合”之谓的实感。

我的肩被拍了一下，回头一看，幸吉兄妹微笑着站在那里。

“啊，烧了。”我的舌头打结，话也说不清楚。

“是的。房子烧了。父亲母亲也有幸了。”幸吉兄妹那并肩站在火光中的姿态俨然一种凛然之美，“火好像一直烧到背街方向的二楼。全烧了。”

幸吉独自喃喃道。他在微笑，那实实在在是一种单纯的“微笑”。这十年来我曾被感伤烧得体无完肤，现在我为自己这种骨子里的愚昧感到痛切的羞耻，为自己此前那种丧失睿智的盲目激情甚至感到丑恶。

不断传来野兽的咆哮声。

“什么声音呀?”我一直纳闷不解。

“附近有公园的动物园。”妹妹告诉我，“要是狮子什么的跑出来可就糟糕了。”她却笑得无忧无虑。

你们是幸福的，是胜利者，而且还会更加、更加幸福。我紧紧地把胳膊抱在胸前，尽管两臂还在瑟瑟发抖，我却在暗中给自己使劲。

一九三九（昭和十四）年五月作

兄
长

父亲去世时，大哥二十五岁，刚从大学毕业，二哥二十三岁，三哥二十岁，我十四岁。几个哥哥都温柔体贴，行止成熟，所以我并未因父亲的死而有丝毫的不安。我觉得大哥跟父亲完全一样，二哥很像那位操劳的伯父。他们都一味宠我，无论我如何任性，他们总是一笑了之。在我不知任何实情的情况下，他们让我随心所欲，但其实他们当时已经没有那样的实力了。为了守住大概百万以上的遗产以及先父政治上的各种势力，他们一定付出了我所未见的努力。没有了伯父那样的人做靠山，一切只有凭借二十五岁的大哥和二十三岁的二哥合力打拼。大哥在二十五岁时当了町长，稍经一番政治操练后，三十一岁时成为县议员，据说是全国最年轻的县议员，被报纸称为A县的近卫公，并且成为漫画人物，名声大噪。

其实大哥的心情似乎一直比较黯淡。他志不在此，书橱里塞满了王尔德全集、易卜生全集以及日本戏剧家的作品。大哥自己也写戏剧作品，常常把弟妹们叫到一室念给我们听，那时他的脸上显出发自内心的喜悦。我因年幼而不能充分理解，却也能感到他的戏剧大多以宿命的悲苦为主题，其中一部名为《争夺》的长剧，我至今甚至还能清楚记得剧中人物的表情。

大哥三十岁时我们一家办过一份同人杂志，取了个可笑的刊名叫作《青年》。当时在美术学校雕塑专业读书的三哥是这本杂志的编辑，刊名是他一个人的得意创意，封面也是他画的，超现实主义的涂鸦之作，用了一堆银粉，没人能懂那画。大哥在创刊号上发表了随笔，题目是《饭》，由我记录他的口授。我至今记得，在二楼的西式房间，他两手操在背后慢慢踱步，眼睛盯着天花板。

“好了吗，好了吗？我要开始了。”

“好的。”

“我今年三十岁。孔子曰‘三十而立’，我岂但没能立，简直就要倒下，没有生活意义的实感。强言之，除了吃饭时之外，我并没活着。这里所说的‘饭’，既非生活形态的抽象，亦非生活意愿的概念，而直接就指那碗中的米饭。当我咀嚼那米饭时的瞬间感受是一种动物式的满足。这话说得太庸俗了……”

我那时虽只是初中生，在匆匆用笔记录大哥这段抒怀时，却也为他悲哀得难以自已。尽管外人用“A县近卫公”之类缺乏明智的话恭维他，但没人理解他真正的寂寞。

二哥好像没在这期创刊号上发表任何东西。这位哥哥从谷崎润一郎的初期作品开始就是他的忠实读者，此外还非常喜欢吉井勇的人品。二哥酒量大，具有当老大的那种豪快气质，但又不以酒误事，凡事皆与大哥互相商量。他处事认真，待人谦和，我因此而私下认为他大概崇拜着吉井勇“游红灯街而不思归者乃真我也”那种勃勃豪气。二哥曾在地方报纸发表过一篇关于鸽子的随笔，报纸同时登了他的近影，他当时自豪地开玩笑说：“怎么样？看了这张照片，我也算得半个文士了，挺像吉井勇的吧。”他的脸挺有型，长得像左团次。大哥的脸形细长，家里人都说像松茑。他俩都充分地意识到这一点，醉酒时甚至偶尔会用对口的形式模仿起左团次和松茑的《鸟边山殉情》或《皿屋敷》等戏。

每当这种时候，三哥总是独自睡在二楼西式房间，远远地听着两个哥哥的模仿，暗自嗤笑。他虽进了美术学校，但因体弱，所以没在雕塑方面下多少功夫，而是沉迷于小说之中，并有不少文友，与他们一起发行了名为《十字街》的同人刊物，自己为它画封面，时而还写写《止于苦笑》之类淡彩风格的小说发表。他的笔名叫梦川利一，哥哥姐姐都为此无语，笑这名字太夸张。他用这个笔名的罗马字拼音RIICHI UMEKAWA印了名片，不无得意地给了我一张。我读作リイチ・ウメカワ，不禁一惊：“梦川”应该读作ユメカワ吧，难道是故意印成这样吗？我用这话问他，他脸涨得通红，说：

“哎呀，糟了，我可不是ウメカワ。”

名片已经送给朋友、先辈以及常去的吃茶店。这好像并非印刷厂的疏失，而是哥哥明确指定要印成UMEKAWA，把字母U读作英语式的ユウ音，这是谁都易犯的错误，于是全家人越发大笑，从此称他“梅川先生”或“忠兵卫先生”。这位哥哥身体孱弱，十年前二十八岁时就已去世。他貌美非凡，那时姐姐们在读的少女杂志上，每月封面都会刊出一个名叫蕗谷虹儿的人所画大眼细身的少女图，三哥的脸酷似那个少女。我常看着他的脸愣神，并非妒忌，而是有一种被搔到痒处时的快感。

三哥的性格中隐隐有着某种认真乃至极其严谨自律的气质，但作为个人趣味，却又似乎信奉据说是旧时法兰西流行的那种绅士风雅以及戏谑风格（Burlesque），过于轻蔑他人，一味貌似清高。大哥已经结婚，当时生有一个女儿，每到暑假，小侄女的年轻叔叔、姑姑就会从东京、A市、H市的各个学校回到家里，大家聚于一室，七嘴八舌地争夺这个小侄女，这个说“快来东京叔叔这里”，那个说“快来A市姑姑这里”，此时唯有三哥远离年轻的哥姐站着，嘴里叽叽咕咕地抱怨着刚出生不久的小侄女：“搞什么呀，不还是个孩子嘛，就这么烦人。”然后无可奈何地张开两手说：“快来法国叔叔这里。”晚饭时，各人面对餐桌而坐，按祖母、母亲、大哥、二哥、三哥和我这样的顺序排开，对面则并排坐着账房先生、嫂嫂和姐姐。无论夏天怎样热，大哥和二哥是一定要喝清酒的，两人旁边都会备有大毛巾，用以一边擦汗一边喝烫过的热酒。他俩每晚要喝一升以上，但因都有酒量，所以从来不曾有过当场失态。三哥绝不加入他俩，只当作没看见似的坐在自己位子上，独自在精致的玻璃杯里斟上葡萄酒后很快喝干，然后匆匆把饭吃完，从容而认真地与大家致礼告辞，便飞快地消失。他就是这样一个卓尔不群的人。

《青年》杂志发行时，三哥以主编身份指派我从家里人那里收集稿子，他读了这些稿子后常会不以为然地付诸一笑。我挺不容易地把大哥口述的随笔《饭》记录下来，不无得意地呈送主编，主编读了随即一笑，挖苦说：

“这都是些什么呀？一副口号腔嘛。‘孔子曰’算啥呀，够呛。”

他知道大哥的索寞，却又出于自己的趣味而总是口出恶言。这位哥哥如此贬损别人的作品，但若论他自己的作品，也实在不敢恭维。在这份取了个《青年》这种怪名的杂志的创刊号上，主编出于自重而没有发表小说，只发表了两首抒情诗，但如今想来想去也难认为那是杰作。那人毕竟是我哥哥，可怎么会想到发表这种东西，我至今甚至为此感到遗憾。我虽然不好意思，却还是要举出这两首诗来：《红色的美人蕉》和《可爱的矢车菊》，前者有“这是红色的美人蕉，就像我的心”云云，这已经让我汗颜，后者更有“可爱的矢车菊，一朵、两朵、三朵，收进我的和服袖兜里”云云，真是不知所云。我如今为那位潇洒的绅士哥哥着想，觉得这样的东西还是珍重地深藏箱底更好，可当时却是佩服哥哥这种彻底的戏谑风格，更别说这位哥哥当时还是东京有名的同人杂志《十字街》的成员之一了。三哥带着为这诗而自豪的感情在镇上的印刷厂校对这诗，一面还以一种怪怪的节拍咏诵朗朗："这是红色的美人蕉，就像我的心……"结果就连我也开始觉得那是杰作，十分佩服了。关于这份《青年》杂志，还有很多令人喷饭而又令人怀念的记忆，但今天我总感再无余力，最后写一点这位三哥去世时的事情，作为与他的话别。

这位哥哥去世前的两三年就已经常常因病卧床，结核菌开始侵蚀他身体的各个部位，但他精神甚好，既不大回乡下，也不住医院，而是在户山原附近租了一栋房子，让同乡的W夫妇住进了其中一间，剩下的房间全部自己占用，过着优哉游哉的生活。我进高中后假期也不回乡下，大多是去东京户塚的哥哥家里玩，和哥哥一起在东京逛大街。哥哥很会瞎说，在逛银座时会突然指着一位老者小声叫道："啊，菊池宽！"他一脸的正经，由不得我不信。在银座的不二屋饮茶时也曾用肘轻轻碰我，小声告诉我："佐佐木茂索，就在你后面那张桌子。"很久以后待我直接见到菊池先生和佐佐木先生，才知哥哥告诉我的净是假话。他所藏川端康成先生的短篇集《感情装饰》扉页上有用毛笔写着"赠梦川利一先生　著者"的字样，据说这是他在伊豆的某处温泉旅馆认识川端先生时川端先生送给他的书，现在想想也不禁生疑，下次见到川端先生时得问一下，希望是真的，不过川端先生给我的书信上的字体与我后来记忆中"赠

梦川利一先生　著者”这几个字好像不大一样。哥哥经常无恶意地作弄别人，所以必须提防。据说杜撰神秘兮兮的故事（mystification）是法国绅士的一种乐趣，三哥也无可置疑地具有此类恶癖。

三哥是在我进大学那年初夏去世的。是年新年伊始，他在客厅壁龛挂了自己题写的挂轴，其中半边写的是：“今春佛心既定，有酒有肴亦不足为乐。”来客见之均大笑，三哥也乐呵呵的。这已不是他平时的那种mystification，而是他的由衷之言。由于他平时爱作弄人，所以客人都只是以笑对之，并未为他的生死担心。三哥在手腕上挂了一串小的念珠，还想出了一个“愚僧”的称呼，一本正经地自称“愚僧”，他的朋友们也都学他互称“愚僧”，此风盛行一时。对于三哥来说，这些都并非纯属戏谑，而是因暗知自身肉体灭亡的时日已经迫近，但他的戏谑趣味又阻碍他直接表达对此的悲伤，于是刻意以幽默掩饰，装模作样地手操念珠博人一笑。他曾约我们一起，踉踉跄跄地搭车去高田马场的吃茶店，还说：“愚僧也被那里的女人所惑，虽然不好意思，但也证明我还没干枯呢。”这位愚僧十分考究，去吃茶店的路上突然发现忘了戴戒指出门，便毫不犹豫地折返回家，认认真真地戴好戒指，再与我们汇聚时只给了一句“让你们久等了”，一副若无其事的样子。

我上大学后住在户塚的出租屋，离三哥家很近，但为互相不影响学习，我们三天或一周才见一次面，见面时必会一起上街听落语或围着吃茶店逛。在这期间他有了一场小小的恋爱。三哥因其高雅的绅士趣味，一味故作姿态，似乎完全不讨女人喜欢。当时高田马场的吃茶店有一个他暗恋的姑娘，但好像进展不顺，令他烦恼。三哥是个自尊心很强的人，绝对不用那种眉目挑逗或言语调戏之类的下三烂手段，而是到店就进门，喝完一杯咖啡就走人。有天晚上我俩去这家吃茶店，喝了一杯咖啡后还是没啥名堂，于是铩羽而归。路上，三哥去花店花了近十元买了一大束康乃馨和玫瑰的组合，抱着出了花店，又一副不知所措的样子。我完全了解他的心思，夺过花束飞快地沿来路跑回吃茶店，然后躲在门后叫出那个姑娘说：

“你认识我家小叔（这是我对三哥的称呼）吧？这是他送你的，你可别忘了他。”

我快快地说完，把花递到她手，她却一脸茫然，令我顿生揍她一顿的心。

我也被弄得泄了气，垂头丧气地走到三哥家一看，他已钻进被子，一副不开心的样子。那时他二十八岁，我二十二岁，比他小六岁。

那年四月起，三哥以异常的热情开始雕塑创作，把模特叫到家里，似乎是要着手制作一尊大的雕像。为了不影响他工作，那段时间我不常去他家，一天夜里偶尔去了，看到他睡在床上，面颊有点潮红。他对我说：

“我已经不用‘梦川利一’的名字了。我想堂堂正正地用过马桂治（他的本名）的名字创作。”

说这话时，他一本正经，毫无打诨的样子，这在他是少有的。我顿时想哭。

又过了两个月，三哥没等完成他的工作就死了。W夫妇告诉我说他样子不大正常，我也有这种感觉，便征询替他看病的医生，医生平静地说还有四五天时间，我惊骇万状，立刻给乡下的大哥打电报。大哥来之前，我在三哥的身边睡了两晚，用手指帮他抠去堵在喉间的痰。大哥一来就雇了护士，朋友也一个个积聚过来。我虽已不再轻易动感情，但现在想起大哥来之前的两晚，仍有地狱般的感觉：在幽暗的电灯下，三哥让我打开一个个抽屉，毁弃各种各样的书信和笔记。我依他所言，一边撕碎这些东西，一边低声哭泣，三哥则看着我，一副不能理解的样子。我当时感到世上只剩了我们两人。

大哥和朋友们围在三哥身边。在他咽气前我叫了声“哥”，这时三哥说：

“我有钻石的领带夹和白金链条，都给你吧。”

他的话说得明明白白，却是瞎话。三哥一定是在临死前都难舍他的绅士趣味，而用这种体面话来戏弄我，下意识地玩弄那套神秘把戏吧。我明知他本无什么钻石领带夹，所以格外悲哀于他的虚荣心，不禁放声大哭。虽没留下任何作品，却仍是卓尔不群的一流艺术家；虽拥有世上数一的美貌，却全不讨女人欢心——这就是我的三哥。

我曾想过写下他死后的种种，转念一想，又觉得这样的悲哀又岂限于我有，谁都一定有过与近亲死别的体验，我若把这作为我的特权而夸大其词，似乎有点对不起读者，于是那份心情便也干枯了。

“桂治今晨四时逝去。”——在电报纸上写下这段发给老家的电文，时年三十三岁的大哥也许是因此想到了什么而搁笔恸哭，那情景至今仍冲击着我干瘪的胸膛，深感早年失怙的兄弟，有再多的钱也是可怜的。

一九四〇（昭和十五）年一月作

东京八景

（赠某苦难者）

伊豆的南部除了温泉汩汩而出外，其他一无可取之处，是个无聊的山村，大概有三十来户人家。这种地方的住宿费应该便宜——我仅以此理由选中这个索寞的山村。那是昭和十五年七月三日的事，当时我还稍有点富余的钱，不过关于今后的事还是眼前一片黑暗。也许小说是一点也写不出来了。如果在两个月中完全写不出小说，我将和以前一样变得一文不名。细想一下，虽然还有点难以令人踏实的积蓄，但对我来说，即便是这一点点的宽裕，也是这十年来的头一次。我是昭和五年春开始在东京生活的，当时已与一个名叫H的女人有了一个共同的家，乡下的长兄每月都寄来足够的钱，可是我们这两个不更事的人一面互相诫勉不可奢侈，到了月末还是不得不搬一两件东西去当铺。到了第六个年头，我终于与H分手，自己只留下了被褥、书桌、台灯和一个箱子，还留下了令人不安的大额负债。又过了两年，在一位前辈的介绍下，经过一场平凡的相亲，我结婚了。再过了两年，我才喘了口气，此时已经出版了近十册拙作，开始觉得即使没有约稿，只要自己拼命写了投稿，也总能卖掉三分之二。今后的工作已无须再讨好迎合别人，我只希望写自己想写的东西。

手中积蓄虽然实在难以让人放心，我还是打心底感到高兴，至少有一个月的时间可以不用为钱操心，去写自己喜欢的东西了。我难以相信自己也能有这样的一天，恍惚和不安交织成异样的骚动，扰得我反而无法着手干活。

东京八景。我希望什么时候能从从容容、尽心尽力地写这个短篇，把我十年间的东京生活寄托在当时的风景之中。我今年三十二岁，以日本的伦理，这个年龄已开始进入中年范畴，即便我还想试着寻求自己青春的肉体和激情，可悲的是已经不可否定这个事实。最好还是记住：你已青春不再，成了一个装腔作势的三十啷当的男人。我要写东京八景，不用取媚于人，把这作为与青春的诀别。

“那家伙也渐渐变成俗物了。”——这种愚蠢的非议随着微风悄悄传进我的耳朵。每当此时，我就在心中强硬地回答：“我从来就是个俗物，难道你没发现？”他们搞反了。每当我决心把文学当作毕生事业时，愚人就反倒觉得我可与他们为伍。我只能窃笑，以青春悦人者仅存在于演艺世界，却与文学无缘。

我觉得自己正应在这段期间写写东京八景。眼下没有迫在眉睫的约稿，又有百元以上的积蓄，无须因恍惚和不安而徒发复杂而无用的叹息，在狭小的屋里茫然地转圈。我必须不断进取。

我买了一份东京市的大地图，从东京站乘上去米原的火车，反复告诫自己：此行并非游玩，而是为了尽心打造生涯中的重大纪念碑。在热海换乘去伊东的火车，又在伊东乘上去下田的巴士，在车上颠簸三小时，沿伊豆半岛的东海岸南下，在这个有三十户人家却不见人影的山村下车，心想这里住一宿看来不会超过三日元。村里并排有四家小旅馆，简陋得让人郁闷难耐。我选了F旅馆，因为觉得四家中这家还稍胜一筹。我被一个看似心术不正、格调低下的女佣领上二楼，进屋一看，尽管自己已老大不小，仍然还是几乎哭了出来，想起三年前在荻窪租住的那个房间。那房间即使在荻窪也是最廉价的了，可是这间与储物间相邻的六铺席面积的房间，看上去比荻窪的房间更低档、寒碜。

“没有其他房间了吗？”

“是的，全都住满了。这里凉快。”

“是吗？”

我好像上当了。也许是因为衣着太差了吧。

“房间有三元五角和四元两种，中饭另算。您看怎样？”

“就要三元五角的吧，中饭想要时再说。我打算在这里读书，时间十天左右。”

“请稍等。”女佣下楼，过了一会儿又来到屋里，“这个……长住需要预付……”

“是吗？要付多少？”

“这个嘛……”女佣一时语塞。

“先付五十吧。”

“好的。”我把纸币摊在桌上，终于忍无可忍，“全部给你吧，一共九十日元。我的钱包只留下烟钱了。”

我不明白自己怎么会到这种地方来。

“不好意思，我收下了。”

女佣离去。我强压怒气。我有重要的工作要做，而且以自己目前的身份，也许就配这样的待遇。我竭力说服自己，从旅行箱底取出钢笔、墨水、稿纸等东西。

十年的积蓄就得到这样的结果，可这样的悲剧也是我宿命中的定数。我安慰自己说这是理所当然的事，强捺着性子开始工作。

不是来玩，而是来努力工作的。我当晚便在昏暗的灯光下，把东京市大地图在桌上摊开。

有几年不曾这样摊开看东京全图了？十年前初居东京时，我还羞于求购这种地图，怕被看作乡下人，几度踌躇后才下了决心，故意用一种粗野自嘲的口气索购了一份，揣进怀中疾步回到寄宿处，夜里紧闭房门悄悄打开地图，红、绿、黄等各色好看的绘图，我屏息静气地看得入神，隅田川、浅草、牛込、赤坂，啊，全都在，只要想去，随时都能去。我甚至觉得见到了奇迹。

现在再看这被蚕食的桑叶似的东京市全景，让我想到的净是此地住民各色各样的生活姿态。人们从日本各地络绎不绝地挤到如此无趣的荒野，汗流浃背地推推搡搡，为争寸土而一喜一忧，相互嫉视反目，女人呼唤男人，男人整日半狂乱地四处奔走。有一本与此毫无关联的小说叫作《碎木片》[1]，书中哀怨的一行文字此时颇为突兀地在我心中浮出："所谓恋爱……就是梦着美好的事情，干着污秽的勾当。"这话与东京本无任何关系。

户塚——我起初住在这里。我的三哥在此地租了一处房屋，独自学习雕塑。我于昭和五年从弘前的高中毕业，入学东京帝大的法文系。我虽对法语一窍不通，却想听听法国文学课，对辰野隆先生怀有一种朦胧的敬畏。我在离哥哥家隔着三条街之地一家新建的出租屋租住了里面的一室。即便是亲兄弟，一旦同住一个屋檐下，难免会生龃龉。我俩虽都没有明说此番顾虑，却在无言中对此认同，在同一城镇中隔开三条街而居。三个月后，这个哥哥病死，时年二十七岁。哥哥死后，我仍住在户塚的那个出租屋。从第二学期开始，我几乎不再去学校，而是无动于衷地为那件世人最觉恐怖的阴暗事业帮忙，以轻蔑的态度对待自称那个事业之一翼、摆出夸张身段的文学。

1　此处应指森鸥外早期的翻译作品。

我在那段期间成了纯粹的政治家。这年秋天，一个女人从乡下来了，她就是H，是我叫她来的。我与H认识于进高中那年的初秋，之后在一起玩了三年。她是个没心眼的艺妓，我为她在本所区的东驹形租了一室，是一家木匠铺的二楼。在那之前我们没有发生过一次肉体关系。为这个女人的事，长兄从故乡来到这里，丧父七年的兄弟相会于户塚出租屋那间微暗的房间。哥哥在急剧变化的弟弟那蛮横的态度面前流了泪。我以必须答应我们结为夫妇为条件，把女人交给哥哥。与弟弟交出女人时的傲慢相比，作为接受一方的哥哥定是倍加痛苦。在交出女人的那个夜晚，我才第一次与她发生关系。哥哥带着女人先回乡下去了。女人始终懵懵懂懂，只来过一信，以生硬的事务性语气告知平安到家，此后便杳无音讯，似乎十分笃定。我心中不平，心想自己在这里战斗，令所有的亲人都惊魂不定，甚至让母亲尝受地狱之苦，而你一个人却因无知的自信而毫无斗志，实在是丢人现眼。我觉得她理应天天给我来信，怎么爱我都不为过。可她偏偏就是个不愿写信的人，我绝望了，从早到晚为那件工作奔走，对任何人要我做的事情都来者不拒。我自己在这方面的有限能力被渐渐暴露，使我陷入双重绝望。银座背街酒吧的一个女人喜欢我，每个人都会有被人喜欢的时候，哪怕只有一次。那是一段不洁的时期。我约这个女人一起跳进镰仓的海中。我觉得破灭之日就是死亡之时，那件反神的事业既已走向破灭，为了不被他人说我懦弱，哪怕在肉体上极难承受我也要义无反顾接受那项事业。H只考虑自己一个人的幸福，只有你不像女人，你不懂我的痛苦，所以要受此报。活该。对于我来说，离开所有亲人是最难受的事。我自知母亲、哥哥、姑母都因我与H的事而惶惶然，这是我投海的一个最直接原因。女人死了，我还活着。关于死者，我以前写过多次，那是我生涯中的污点。我被关进拘留所，经过侦办，最后暂缓起诉。那是昭和五年岁末的事，兄长们对这个死里逃生的弟弟给予了善意的体恤。

长兄帮H脱离艺妓行业，第二年的二月把她送到我身边，哥哥就是一个有着守约洁癖的人。H来了，一副若无其事的表情。我以三十日元的租金在五反田的岛津分块出让的公地旁借了房子住，H也知道操持，有了过日子的样子。我二十三岁，H二十岁。

我在五反田处于一个愚昧的时代，完全失去了意志，毫无振作的希望，全凭取悦那些偶尔来访的朋友过日子。我不但不以自己丑恶的前科为耻，甚至还暗中引以为豪。那实在是个寡廉鲜耻的低能时期。我还是几乎不去学校，厌倦一切努力，整天无所事事地看着H，一副蠢样。犹豫不决之后，我开始重操旧业，但这次已全无热情。游民的空虚，这就是我在东京一隅初有家庭时的状态。

那年夏天我搬到神田的同朋町，晚秋又搬到神田的和泉町，翌年早春则搬到淀桥的柏木，没什么值得说的事，只是以

“朱麟堂”的笔名专注于俳句，成了一个老人。我因参与过那方面的工作而两度被关进拘留所，每次释放后都依从朋友们的意见迁居别处。我对别人既无感激也无厌恶，大家觉得如何好我就如何做，一副气已泄尽的态度，浑浑噩噩地与H两个人迎送着雌雄穴居的每天每日。H挺快活，每天都用脏话骂我两三遍，随后就又若无其事地学起英语来。我专门给她安排了学习时间，她却好像不大记得住，好容易学会了英语字母就又停了下来；信还是写不好，也不想写，要我给她起好草稿，摆出一副大姐大的模样。我被警察带走，她也若无其事，甚至将那种思想愉快地理解为侠义精神。同朋町、和泉町、柏木，我到了二十四岁。

那年晚春，我又一次必须搬家，仍旧是警察要传唤，我溜之大吉。这次问题有点复杂，我从乡下的长兄那里一次骗得两个月的生活费，带着钱离开柏木，家具用品分散寄放在各处的友人那里，仅带身边的一些必用品，搬到日本桥八丁堀一家木材店二楼的八铺席面积房间。我的身份变为北海道出生的落合一雄，毕竟也有了忐忑之意，知道了珍惜手中的钱。我告诉自己总会有办法的，用这种无用的自慰欺骗自己的不安。对于未来，我既无计划又无行动，偶尔会去学校，在教室前的草地上默默地躺几个小时。有一天我从经济学系的一个高中校友那里听说了一件糟心的事，这让我觉得遭到叛卖，简直不敢相信，反而憎恨那个告诉我的学生。我想只要问了H就能水落石出，于是匆匆回到八丁堀的木材店二楼，却又实在说不出口。那是初夏的午后，西晒的房间很热，我让H买来一瓶ORAGA啤酒，当时ORAGA啤酒一瓶二角五分。我喝完一瓶还要一瓶，被H责骂。我挨骂后也来了劲头，把今天听同学说的事尽量用平静的口气告诉H。H只是用乡下人的话骂了一声“胡扯”，生气似的皱了一下眉头，然后就平静地继续做针线活，毫无愧意。我相信了H。

那天夜里我读到让我糟心的东西，那是卢梭的《忏悔录》，卢梭也曾为妻子的旧事而苦恼。这段情节触动了我的心境，让我忍无可忍，觉得不能相信H。夜里我终于让她吐露真情，同学说的事都是真的，而且更加严重，甚至让我觉得再往下追究将会没有尽头，于是我中途而止。

我在这个方面实在没有资格严责别人，否则镰仓的事情又如何解释。可是那夜我还是备受煎熬。我在这之前一直视H为掌中之玉，为她而骄傲，觉得自己是为她而活。我总认为自己救出的是一清白之身。H说什么我都大胆地附和。在朋友面前，我也以此为荣。我觉得H的个性如此坚强，来我这里之前是会守身如玉的。我无法形容自己的这些想法是糊涂还是什么，就是个不谙世事的少爷，不懂女人是怎么回事。我一点也不憎恨H的欺瞒，甚至怜爱对我告白的H，想去抚摸她的后背。我只是感到遗憾、窝心，想用棍棒击碎自己的生活状态。总之，我陷入了一种无以排遣的状态。我去自首了。

检察官的调查告一段落，我死里逃生，重又走在东京的大街。除了H的房子，我无家可归。我匆匆去H那里。这是索寞的再会，我俩带着卑微的笑脸无力地握手。我们离开八丁堀搬到芝区白金三光町，在一家空置房租了一间偏屋住下。家乡的兄长们尽管极端错愕，还是不声不响地寄了钱来。H若无其事地恢复正常，我却一点点觉醒，写下遗书，那就是百页稿纸的《追忆》。我现在已将《追忆》当作自己的处女作。我想把自己从幼时以来的恶都不加修饰地写下来。二十四岁那年秋天，我坐在偏房的一室望着杂草丛生的大废园，已全无笑的能力。我又一次有了死的念头，要说矫情也确实是矫情，还因此而自得。我还是把人生当作了戏，不，其实是把戏当作了人生。现在对谁来说我都是一个无用的人，唯一的H也已被他人玷污，我完全失去了活下去的动力。作为一个行将灭亡的愚昧小民，我坚定了赴死的决心。我希望忠实地演好时代大潮分派给我的角色，那是一个注定失败的卑屈的悲剧性角色。

可是人生并非演戏，谁也不知下一幕的内容。有人以“灭亡”的角色登场，却到最后都不退场。我本想以一篇小小的遗书记录自己的幼年及少年时代，坦承曾经有过一个如此污秽的孩子，不料这遗书反倒成为一件心事，在我的虚无中点起一盏幽幽的灯烛。我还不能死，仅有这篇《追忆》无论如何都不能让我满足。既然已经写到这里，莫若把全部都记录下来，我要把至今为止的全部生活都一倾而尽，于是各种各样想写的东西都一涌而出。首先写了镰仓事件，结果不行，好像丢了什么。接着再写一篇，还是不满意。我一声叹息，着手写下一篇，结果始终无法画上句号，只留下了一串小小的逗号。那个恶魔不断地呼唤我去参加示威活动，我如螳臂当车，正被侵蚀殆尽。

昭和八年，我二十五岁了。我必须在这年三月从大学毕业，可是我连考试都不曾参加，又遑论毕业。老家的兄长们都不知道这情况，好像觉得这家伙虽然净做蠢事，但作为弥补，至少得从学校毕业，这点诚信总是有的吧。可是我并无毕业的意愿，彻底背叛了他们暗中的这点期待。欺骗信赖的人无异于堕入令人疯狂的地狱，此后的两年中，我一直住在这个地狱。来年一定毕业，请再宽恕一年——我向长兄如此泣诉，却又一次次食言，今年如此，明年依旧如此。在将死的猛省、自嘲和恐怖中，我并没去死，而是自顾自地专注于称作“遗书”的系列作品中，一心要将其完成。其实那东西也许至多不过是一种幼稚而造作的感伤，但我为这感伤而倾注了生命。作品数量越来越多，我把它们收藏在三四个大纸袋中，在纸袋上用毛笔写上“晚年”，准备作为这一系列遗作的题目，这意味着一切都已结束。芝区的空置房好像有了买家，我们在这年的早春必须搬家了。因为我没能从学校毕业，老家的资助也大幅减少，我们必须更加节省。我在杉并区天沼三丁目借了熟人的一间屋住。此人在报社工作，是个堂堂正正的市民。在一起住了两年，我心里实在不踏实。我越发没有毕业的打算，傻了似的完全为那著作集的完成而走火入魔，又怕别人说什么，于是对那个熟人，甚至对H都谎称来年可以毕业，以蒙混一时。我每周一次身穿整齐的校服离家，在学校图书馆随便借点书翻翻，然后打瞌睡或为自己的作品打草稿，傍晚离开图书馆回天沼。H和那位熟人都毫不怀疑我。表面看来完全无事，我内心却难平静，每时每刻都处于焦虑之中。我想在老家断供前完稿，结果却很费劲，总是写了又撕。示威活动那恶魔吸尽了我的骨髓，令我狼狈不堪。

过了一年，我没毕业。兄长们都很愤怒，我还是泣诉说来年一定毕业，断然地说着谎话，因为舍此别无请求寄钱的理由，实情根本不可对人言。我不想制造共犯，只想让自己一个人完全承担败家子的罪名。我相信这样就能撇清周围其他人的立场，让他们完全不受我的牵连。“请再给我一年时间写我的遗作”——我说不出如此不近情理的话。我最不愿意被人看作自以为是的所谓诗意的幻想家。即便是我的哥哥们，哪怕本想给我寄钱，听到我说这话，想必也只能停供了。如果在知道实情的情况下寄钱，他们日后也许将会被看成我的共犯，我不愿这样。必须自始至终作为一个狡猾奸诈的弟弟欺骗他们——尽管这近于盗贼的理论，我却颇为认真地如此考虑。我仍是每周一次身穿校服去学校，H和那位报社的熟人也美美地相信我来年毕业。我被逼入绝境，未来的日子一片黑暗。我不是坏人！骗人的日子犹如地狱。终于我又住到了天沼一丁目——那位熟人因二丁目不方便通勤，这年春天搬到了一丁目的市场后面，近荻窪车站，我也因他建议一起搬了过去，借住他家二楼的房间。我每晚都不能入睡，喝廉价酒，不断吐痰，想到可能生病了，却又顾不上，一心要尽早完成纸袋中的作品集。这种想法固然自私任性，但我也想把这些作品作为对大家的歉意留存下来。这是我力所能及的事情，这年晚秋时节总算完稿，我在二十多篇中选出十四篇，其余作品都和写坏了的原稿一起，装满一整行李箱，拿到院里烧了个干净。

“为啥要烧了？”H那夜突然问我。

“用不着了。”我微笑着回答。

“为啥要烧？”她重复同样的话，哭了。

我开始整理身边的东西，把借来的书分头还了，信件和笔记也卖给了废品站，在装《晚年》的纸袋中悄悄装进两件书信。一切准备就绪，我每晚出去喝劣酒，害怕直面H。这时有一位学友建议我办一份同人刊物，我半真半假地答应说，如果刊物取名《青花》，不妨一试。这玩笑话被当了真，四面八方都有同好报名参与，我与其中两位立刻过往甚密。我把自己所谓的青春最后的热情燃烧于此。这是死亡前夜的狂舞，我们一起滥饮，殴打低能的学生，像对至亲那样去爱那些不干不净的女人。H的柜子在她不觉间就被清空。纯文艺册子《青花》于当年十二月问世，只出了一册后伙伴们便四散而去。那是一种无目的的狂热，异样而愚蠢。剩下我们三人，人称“三傻”，但这三人成了终生的朋友，我从他俩那里受益匪浅。

次年三月，又到了毕业季。我参加了某报社的入职考试，在同住的熟人及H面前做出一副为即将到来的毕业而雀跃的样子，我说自己将作为一个报社记者度过平凡一生，引得大家都开心地笑了。尽管事情终会败露，我还是希望这种太平能维持一天算一天，维持一刻算一刻，害怕让别人受到惊扰，于是竭尽全力，能怎么撒谎就怎么撒谎。我总是这样，走投无路时就想死。尽管事情的结果在败露后会让人受到数倍的惊扰，徒增别人的愤怒，我却不能说穿这败兴的现实，再拖一刻，再拖一刻，自己在虚伪的地狱中越陷越深。我自然并无进什么报社的打算，也不可能通过他们的考试。眼看天衣无缝的欺瞒阵地就要沦陷，我觉得自己的死日已到，三月中旬独自去了镰仓，那是昭和十年的事，我想在镰仓的山中自缢。

那发生在我的镰仓投海事件之后的第五个年头。我会游泳，所以难以死在海中，于是选择了据闻可靠的自缢方式，却又遭可耻的失败。我起死回生，可能是因为脖子粗得超乎寻常。我以脖颈红烂的姿态失魂落魄地回到天沼家里。

我想自己决定自己的命运，结果失败。我摇摇晃晃回到家里，一个从没见过的意外世界在我面前展开：H在玄关轻轻抚摸我的颈子，其他人也都一个劲地为我庆幸。我为人生的善意愕然。长兄也从乡间奔来，尽管遭他严责，我仍对他充满依恋。我此刻体味的情感是那样难以想象，简直可谓有生以来第一次。

不曾设想的命运接着连续展开。几天后被剧烈的腹痛袭击，我熬了一夜没有闭眼，先是用汤婆子焐肚子，在将要昏迷之际叫了医生。我裹着被子被弄上急救车，到了阿佐谷的外科医院后立刻动了手术。是盲肠炎，因为延误了医治，再加热汤婆子加重了病情，腹膜流脓，手术很难做。术后第二天有一些血块从咽喉出来，这是以前就有的胸部旧疾急性发作。我奄奄一息，连医生也明显听之任之了，谁知罪孽深重的我却一点点恢复了过来。一个月后腹部伤口痊愈，但我作为传染病人被转移到世田谷区经堂的内科医院。H一直守在我身旁，笑着告诉我说医生叮嘱不可接吻[1]。这家医院的院长是我长兄的友人，对我关照有加。我借了两大间病房，把日常用品都搬了进去，移居病房。过了五、六、七月，蚊虫出笼，病房开始挂上白色蚊帐的时候，我照院长的指示，转移到千叶县船桥町的海边，在郊区租下新建的房子。这本来具有易地休养的意义，但这个地方却因我而开始了一场地狱似的大动乱。我在阿佐谷的外科医院时使用麻醉剂，染上恶癖。一开始是医生为了减轻我患部的疼痛，早晚换填塞纱布时给我用这药，后来我渐渐变成没有此药就不能入睡。我在失眠的痛苦面前极度脆弱，每夜央求医生给药。这里的医生对我的身体已不抱希望，对我的要求百依百

1 原文用的是法语“接吻”一词。

顺。转至内科医院后，我又执拗地央求院长，院长大概三次中能有一次很不情愿地答应我。到后来，我已不是为了身体，而是为了消解自己的惭愧和焦躁而去央求医院。我无力克制自己的孤独感。搬到船桥后我去镇医院诉说自己的失眠和成瘾症状，强要这种药品。后来，我死缠这位软弱的医生给我出具证明，自己直接去镇上的药房买药。待回过神时，我已经成为一个可悲的成瘾患者。钱很快就不够用了。当时我每月从长兄那里得到九十日元的生活费，此外的额外开支长兄也不得不拒绝了。这是理所当然的，对于长兄所给的爱，我不曾努力做出任何回报，而是一味任性，糟蹋自己的生命。那年秋天以后，偶尔出现在东京街头时的我已是一副邋遢的疯癫模样。对于当时的种种狼狈相，我一清二楚且难以遗忘。我成了日本最卑劣的青年，为了借一二十日元而来东京，甚至在杂志社的编辑面前哭鼻子，还曾因纠缠不休而遭编辑斥骂。那段时期，我的书稿还有少许变现的可能。在阿佐谷和经堂医院住院期间，靠着朋友们的奔走，我放在那个纸袋中的"遗书"在不错的杂志上发表了两三篇，引起的反响既有抨击也有支持，这些话语过于强烈，导致我狼狈、不安，作为对此的逆反，我对药物越发依赖，种种痛苦之余，我觍着脸去杂志社求见编辑甚至社长，强求预支稿费。别人也都活得不易，我却由于过分地执着于自己的苦恼而不能意识到这个理所应当的事实。那纸袋中的作品全部售罄，我已卖无可卖，一时又写不出作品。材料已经枯竭，我已写无可写。当时的文坛指责我“有才无德”，我则相信自己“无才而小有德”。我并无所谓的“文才”，除了凭借运气别无他法。我是个土包子，严守“一宿一饭之恩”之类的道德教条，反之又净做一些自暴自弃、寡廉鲜耻的勾当。我出身于严肃、保守的家庭，把借钱作为最恶之罪，我却为了摆脱债务而借更多的钱。为了消解借钱的惭愧，我的毒瘾不断加重，付给药房方面的开支不断增加。我曾大白天在银座边走边哭。我需要钱，曾连抢带夺地向近二十人借钱。我不能死，在还清这些钱之前我还不想死。

没人愿意理我。搬到船桥一年后的昭和十一年秋，我被汽车送到东京板桥区的某医院，一觉醒来，发现身在脑科医院的病房。

在医院住了一个月左右，一个秋天晴朗的午后，我终于获许出院，和来接我的H一起乘上汽车。

分别一个月后重逢，我俩却都默然。汽车开出一阵后H开了口：

“把药戒了吧！”她的口气恼怒。

“我以后不再信任了。”这是我在医院唯一想明白的事。

“是的。”现实主义的H似乎从我的话里听出了某种金钱的意味，深深点头，“人是靠不住的。”

“你也不可信。”

H一副不悦的表情。

船桥的房子在我住院期间被退了，H住进了杉并区天沼三丁目的公寓一室，我便落脚于此。两家杂志社来约稿，我在出院当天的夜里立即开始写作。两篇小说完成后，我拿着稿费去热海滥饮了一个月。我不知之后该怎么办。长兄答应今后的三年里仍按月给我生活费，但我住院前的大笔欠债还分文未还，我计划在热海写出好的小说，至少可以挣钱还清眼下最让人揪心的欠债。可是我却难耐自己周围的荒凉，哪里顾得上写小说，只是一味喝酒，痛感自己无用。我在热海反让债台更加高筑，已是万事无成、彻底颓败的样子。

我回到天沼的公寓，将自己那放弃了一切希望的肮脏肉体放倒在床。我已二十九岁，仍一无所有，唯剩一件棉袍，H也只有身上所穿衣服。我觉得已陷入谷底，靠着长兄每月的资助，虫豸般地默默度日。

但还是没有到谷底。这年早春，来自某位西洋画家的建议不期而至，他是我非常亲近的朋友。我听到他的话时几近窒息。H已经犯下可悲的错误。我突然想起从那不祥的医院出院时，H在汽车里听到我那句并无所指的抽象的议论时十分慌张的样子。H因我而受累，但我还是打算与她共度一生的。我拙于表达爱情，所以H和西洋画家都没觉察出我的感情。听到建议，我仍手足无措。我不想伤害任何人。三人中我最年长，理应由我沉着地做出正确的指示，但我却被这不合情理的事情弄得惊慌失措、狼狈不堪、坐立不安，甚至反而被H他们轻蔑。在我无所适从之际，西洋画家渐渐退却了。我在痛苦之中怜悯

H，H似乎已想赴死，百般无奈之下，我也考虑去死。两人一起去死，神也会原谅。我俩像一对关系很好的兄妹一样出去旅行，到了水上温泉。当天夜里我俩在山上自杀。我又觉得不能让H死掉，因此而做了努力。H活下来了，我也完全失败。我们用的是药品。

我们终于分手。我已无勇气继续挽留H，即使被说成抛弃她也无所谓了。我觉得即便以一种“人道主义”的虚伪隐忍，此后的每日也将是丑恶的地狱生活，这已显而易见。H自己回到乡下母亲身边。西洋画家杳无音讯。我独自留在公寓开始了自炊生活，学会了喝烧酒，牙齿日见稀落，样子变得难看。我搬到公寓附近的出租屋，最下等的出租屋，觉得如此才与自己相称。站在门旁时，眼前的月色和开阔的荒野、伫立的松树都被我看作此世最后的光景。我在出租屋四张半铺席面积的房间里独饮，醉了就常常走出房间，倚着出租屋的门柱低声胡乱吟唱。除了两三互相难以割舍的好友，谁也不与我来往，我也一点点地明白了自己在世人眼中的形象——无知傲慢的无赖汉、白痴、下等狡猾的色鬼；伪装天才的欺诈师，过着穷奢极欲的生活，钱一花光就妄称自杀来威胁乡下的亲人；虐待贞淑的妻子如待猫狗，最后还是把她驱逐出门。此外还有种种传说在世人间带着嘲笑、厌恶的情感流传。我已被彻底埋葬，受到如废人一般的待遇。我意识到这些，不想踏出出租屋一步。在无酒的夜晚，啃着咸饼干读侦探小说就是我的自得其乐。杂志社和报社都不来约稿，我也什么都不想再写，什么都写不出来。不过，我在病中所借的那些钱，居然没人催要，尽管如此，我却在梦中都为此烦恼。我已三十岁了。

不知是什么转机让我想到必须活下去，也许是老家的不幸给了我这种应有的力量吧。长兄当选议员，随即又因选举舞弊罪遭到起诉。我敬畏长兄严谨的人格，觉得他周围定有小人。姐姐去世，外甥去世，堂弟去世，所有这些情况我都是得自风闻，因为自己早就与老家的人们音讯不通。老家接二连三的不幸让我渐渐振作。我曾以老家的深宅大院为羞，因富家子弟的优越而自暴自弃。我自幼就有一种不当受惠的恐怖感，让我变得卑屈、厌世，深信富家子弟必将堕入富家子弟应得的大地狱中。我只是把逃遁视作卑怯，努力以一种罪孽之子能有的体面方式去死。可是一夜之间，我突然意识到自己只是个连一件可以穿着出门的衣服都没有的贱民，又遑论富家子弟。过了今年，老家将不再给我资助，我的户籍也已分了出来，况且生我养我的老家现在也已落入不幸的深渊，我已没有任何天生特权必须畏惧他人，所有的反倒尽是正面因素了。除了这种认识，还有一个事实必须作为要因举出：在我失去死的勇气而无所事事期间，身体却不可思议地健壮起来。此外，诸如年龄、战争、历史感的动摇、对惰怠的厌恶、对文学的尊重、对神的信仰等都可一一举出。然而，人们对于转机的解释总有几分虚妄之处，这种解释即使勉强可期正确，仍难免令人感觉其间散发着虚假的味道，因为人并非总是在深思熟虑之下选择道路的，在多数场合，人会在不知不觉间走上另一片原野。

我在这二十岁的初夏开始真正志愿投入文笔生涯，想想这志愿也来得太晚。我在四铺席面积且家徒四壁的出租屋里拼命写，出租屋的饭桶里若有剩下的晚饭，我会悄悄将其捏成饭团，留待工作到深夜时充饥。我不再作为遗书而写，而是为生存而写。一位前辈给我鼓励，即使世人皆对我憎恨嘲笑，唯有这位前辈作家始终不声不响地支持着我的人生，我必须报答这可贵的信赖。我终于完成了作品《弃母》，如实写下了与H去水上温泉赴死的事情。这部书稿立刻卖掉了，我没忘记有一位编辑等着我的作品。我大手大脚地使用这笔稿费，先去当铺赎出一件外出穿的行头，打扮一下出去旅行。我去了甲州的山区，准备重新构思一部长篇小说。我在甲州待满一年，虽未完成长篇小说，却也发表了十多个短篇。我听到各方的支持之声，觉得文坛是个难得的地方，能以此为生者何其幸哉。翌年，即昭和十四年一月，我在那位前辈的关照下结婚，算是一种平凡的相亲式婚姻，但又并不平凡——举办婚礼我没花一分钱。我们在甲府市郊租下只有两室的小房子，房租每月六元半。我陆续出版了两本作品集，有了一笔小小的积蓄。我一点点地着手处理自己挂在心间的欠款，却十分艰难。这年初秋，我们迁居东京市外的三鹰町，这里已不属东京市。我从荻窪的出租屋带着一个箱子去甲州时，就已中断了自己的东京生活。

我现在已是一个靠写稿为生的人，即使外出旅行登记住宿时，我也满不在乎地写下“文笔业”三字。即使有苦，我也不轻言；即使苦楚甚于从前，我也强作笑颜。在一些不明事理的人眼里，我变成了个俗人。武藏野的夕阳每天都很壮观，沉落时犹如沸腾一般。我盘腿坐在能看到夕阳的三铺席面积的房间里，吃着简单的晚饭时对妻子说：“我就是这么一个男人，既不能出人头地，也没法发财，但这个家，我会用心呵护的。”此时，我突然想到了东京八景，过去的一切，像走马灯似的在我心中旋转。

这里虽是东京市外，但附近的井之头公园也算得上东京名胜之一，所以若把这武藏野的夕阳加入东京八景也是没有问题的。我试着翻看心中的相册，以决定其余的七景。不过在这种场合，能成为艺术的并非东京的风景，而是风景中的我。是艺术欺骗了我，还是我欺骗了艺术？结论是：艺术就是我。

户塚的梅雨、本乡的黄昏、神田的祭礼、柏木的初雪、八丁堀的焰火、芝区的满月、天沼的夜蝉、银座的雷电、板桥脑科医院的大波斯菊、荻窪的晨雾、武藏野的夕阳。记忆中的暗花不断跳出，整理起来至为困难，何况硬要凑成八景也未免俗套。就在思考八景时，我在这年春天和夏天又发现了二景。

这年四月四日，我去小石川拜访大前辈S先生，他在我五年前生病时曾十分关心，后来我因不慎而被他严责并逐出师门。这年新年我曾登门给他拜年并赔罪，后来又很长时间没有来往，这次我是前去邀请他担任我好友著作出版纪念会的发起人。先生在家，听我说完来意后，我又就绘画以及芥川龙之介的文学等方面话题蒙他指教。他以惯常的训诫口吻说："我觉得自己可能一直伤了你的自尊，但现在看来似乎反而得到好的结果，我为此而欣慰。"我们乘车一起去上野美术馆看西洋画展览，大多作品都没什么意思。我在一幅画前驻足，S先生后来也来我身旁把脸凑近这幅画。

"太腻了。"他随口说了一句。

"不好。"我语气肯定。

这是H那位西洋画家的画。

我们离开美术馆后一起去茅场町看了电影《美之争》的试映，然后又去银座喝茶。玩了一天，傍晚时S先生要从新桥站乘巴士回去，我陪他一起走到新桥站，途中我把东京八景的计划说给他听。

"武藏野的夕阳确实壮观。"我说。

S先生在新桥站前的桥上停下脚步，指着银座方向低声说：

"那就是画中景致呀。"

"啊。"我也驻足眺望。

"画中景致呀。"他又自言自语地重复了一遍。

比起所见景致，我更想把看景的S先生和被他逐出师门的坏弟子编为东京八景之一。

大概两个月后，我又寻得更加明快的一景。某日，妻妹来了一封快信："T已决定明天出发，并可在芝公园见一次面。请您明天上午九时来芝公园，并向T好好地转达我的想法。我太笨，所以就不对他说任何话了。”妻妹二十二岁，但因长得小巧，所以看似孩子。去年与T君相亲订婚，但T君随后应征编入东京的某联队。我也见过一次穿着军装的T君并与他交谈约半小时。这是个聪明而有教养的青年，看来明天是要出发上前线了。这封快信收到还没两小时，妻妹又来一封快信称：“仔细考虑之后，觉得先前的要求过于轻率。您可不对T说什么话，只是送行即可。”我和妻子都忍俊不禁，十分理解妹妹那种六神无主的样子。她两三天前就去T君父母家帮忙了。

翌晨，我们早起去芝公园。增上寺的境内积聚了大批送行者。有个老人身穿土黄色统一服装忙着在人群中巡逻，我抓住他打听，得知T君的部队将在山门前休整五分钟，然后就要出发。我们出了寺庙境内，在山门前等待T君的部队过来。少顷，妻妹也拿着小旗，和T君父母一起过来。我与T君父母是初次见面，毕竟还不算正式的亲戚，我又不善交际，只是用眼神打了个招呼，连起码的寒暄都没有。

“怎么样，沉得住气吗？”我向妻妹搭话。

“没事。”她笑得开朗。

“怎么这样子？”妻子表情不快，“还这么咯咯地笑。”

为T君送行的人挺多，山门前并排着六面写有他名字的大旗，在他家工厂打工的男女职工都放假来送行。我离开人群站在山门边，是因为不好意思，T君家富有，而我牙齿脱落，衣着不整，既没穿裙裤，又没戴帽子，一介寒酸文人，T君父母肯定觉得儿子的未来媳妇家来了一个邋遢亲戚。妻妹来跟我说话，我也赶她离开，说："你今天任务重要，去陪着老爷子吧。"T君的部队迟迟不来，十点、十一点，直到十二点还没到。有几组女校的修学旅行团乘巴士经过我面前，巴士窗口贴着写有女校校名的纸条，其中有我老家女校的名字，长兄的长女也应该在这个学校，或许也在车上。车子通过时她也许会心不在焉地看到这个蠢叔叔呆立在这东京名胜增上寺的山门前，尽管她不知道这是自己的叔叔。二十来辆汽车断断续续地驶过山门前，每经过时巴士的女售票员就开始解说着什么，手似乎正好指着我的方向。我起先装作若无其事，但最后也试着摆出一些姿势，像巴尔扎克画像那样在胸前抱起胳膊，甚至觉得自己成了东京名胜之一。近一点钟时，响起"来了，来了"的叫声，随即满载部队的卡车到达山门前，T君学会了达特桑牌汽车的驾驶技术，所以坐在驾驶室里。我在人群后面呆望着。

"哥。"妻妹不知什么时候来到我身边，小声叫我，使劲推我的背。我回过神来一看，T君走出驾驶室，像是早就发现了站在人群最后面的我，举手行礼。我还是有过一瞬的迟疑，打量了一下周围，断定他确是朝我行礼，便果断地拨开人群，和妻妹一起走到T君面前。

"你不用担心今后的事。妹妹尽管这样笨，但应该还是知道女人最该珍惜什么的。你什么都不用担心，我们都会照顾她的。”我说道，态度异乎寻常地严肃。再看妻妹的表情，她也不敢正视，一副紧张的样子。T君有点脸红，默默地再次举手行礼。这下轮到我笑了，问妻妹：

“你还有什么要说的吗？”

“没有了。”她低头说。

发出了立刻出发的号令。我重又不声不响地往人群中躲去，却仍被妻妹推到了驾驶室门口，那里只站着T君的父母。

“放心去吧！”我大声说。T君的严父忽然回头看我的脸，眼里闪过一丝不悦，似乎在说“这个蠢货是什么人呀”。不过我此时已无所畏惧，觉得自己现在似乎已可断言：若想守住最后一点人的尊严，必得经受各种各样近乎死亡的苦楚。我的体检属于丙种合格，而且又穷，但目前尚无近忧。“东京名胜”用更大的声音叫道：

“以后的事不用担心！”

今后T君与妻妹的婚事万一惹出什么风波，我这个不顾体面、无法无天的人定要成为他俩最后的支撑。

既得增上寺山门一景，我觉得自己作品的构想也已如满月之弓。几天后，我带着东京市的大地图以及笔、墨水、稿纸，精神抖擞地向伊豆出发。到了伊豆温泉之后情况如何？出来已经十天，我好像仍住在那个温泉旅馆。我在做什么呢？

一九四一（昭和十六）年一月作

卷三

人间清醒

奔跑吧，梅勒斯

梅勒斯愤怒了，决意要除去那个奸邪暴虐的王。梅勒斯不懂政治，他是个牧人，一辈子吹笛伴随羊群戏耍，但对邪恶却有着倍于常人的敏感。今日天色未明时梅勒斯从村里出发，翻山越野来到这十里之外的希拉库斯市。梅勒斯没有父母也没有老婆，只与一个性格内向的十六岁妹妹一起生活。这个妹妹最近跟村里一个老实巴交的牧人订了婚，婚礼已近在眼前，梅勒斯为了购置新娘的婚服和婚宴的菜品赶远路来到市里。他买齐了东西后在都城的大路上闲逛。梅勒斯有个名叫赛里依忒乌斯的发小在这希拉库斯市当石匠，他准备马上去看这朋友。因为相别已久，梅勒斯期待着此次见面。走在街上，他觉得城里一片寂静，很不正常。太阳已经下山，城里的黑暗本不足为奇，但那种全市的死寂不像完全因为天黑，这让心情悠然的梅勒斯也渐渐变得不安。他抓住一个在路上遇到的年轻人打听道："这是怎么回事？两年前我来这里时，晚间大家还在唱歌，城里一片热闹。"年轻人摇头不答。走了一会儿遇到一个老伯，梅勒斯加重语气发问，老伯还是不答。梅勒斯用双手摇晃老伯身子再问，老伯用周围听不到的低声简单答道：

“国王要杀人。”

“为啥杀人？”

“他说别人有坏心，其实没人有坏心。”

“杀了很多人吗？”

“是的。最先杀了国王的妹婿，然后是他自己的世子、妹妹、外甥、皇后，接着又是贤臣阿列克斯。”

“可怕。国王疯了吗？”

“他没疯，而是没法再相信别人。最近开始怀疑臣下，只要是日子过得富裕一些的人家，都必须交出一个人质，如若违抗，就被送上十字架杀掉。今天已经杀了六人。”

听到这里，梅勒斯被激怒了：

“这个昏君，不能让他再活着！”

梅勒斯是个单纯的男人，他背着买好的东西，从从容容地走进王城，立刻被巡逻的警吏捕缚。盘查时从他怀中搜出短剑，引起一阵惊慌。梅勒斯被带到国王面前。

“用这把短刀想干什么？你说！”

暴君迪奥尼斯的质问平静而威严。这位国王面色苍白，眉间的皱纹深如刀刻。

“我要从暴君手中拯救这个城市。”梅勒斯回答时面无惧色。

“就凭你？”国王冷笑，“也难怪，你这家伙根本不懂我的孤独。”

“不对！”梅勒斯怒不可遏地反驳，“怀疑人心是最可耻的恶德。国王居然怀疑百姓的忠诚。”

“怀疑是一种正当的防备——这个道理正是你们教给我的。人心不可靠。人本来就是充满私欲的，相信不得。”暴君平静地喃喃低语，深深叹了口气，“我也希望天下太平的。”

“你那太平是为了什么，为了守住自己的地位吧？”轮到梅勒斯嘲笑国王了，“滥杀无辜，算什么太平？”

“闭嘴，你这下贱的人！”国王猛地抬头回应，“人们嘴上可以把自己说得一清二白，但我早已看透人的心底。就拿你来说，一会儿送上磔刑台后，再哭着求饶也没人听了。”

“啊，好一个强词夺理、自以为是的国王，但我已完全做好赴死的准备，绝不会求你饶命，只是……”说到这里，梅勒斯的视线落到脚下，闪过瞬间的犹豫，“你若有施我仁慈之意，请在处刑前给我三天时间。我要把我唯一的妹妹嫁出去，若能让我在三天内办了婚礼，我保证回到这里。”

“荒唐。”暴君压低嘶哑的嗓门笑了，“这谎话也忒不靠谱了。逃脱的小鸟还会回来吗？”

“是的，会回来。”梅勒斯坚持道，“我会守约的。请给我三天时间，妹妹在等我。如果你不能相信我这话，好吧，本市有一个名叫赛里依忒乌斯的石匠是我最好的朋友，我走前让他在这里当人质，我如果逃跑，第三天天黑前还没回到这里，你就可以绞死我的那位朋友。请你接受我的这个要求。”

国王听闻此言，以其残虐的心理而窃笑，心想：此人在说大话。反正他是不可能回来的，我不妨装作被他所骗，先放他一马，倒也有趣，如此而在第三天杀了那个替死鬼，也是件开心的事。在给那人质处以磔刑时，我可以做出一副悲天悯人的样子，让世上那些自命正直的人知道人都是不可信的。

“我接受你的请求。你可以把那人质叫来。你必须在第三天的日落前回来，如有耽搁，我定会杀了那个人质。你也不妨迟点回来，我会永远恕你无罪的。”

“这话什么意思？”

“哈哈。你若珍惜性命，就迟点回来吧。我明白你的主意。”

梅勒斯捶胸顿足，悲愤交加，不想再说什么。

他的发小赛里依忒乌斯深夜被召入王城，两位好友分别两年后在暴君迪奥尼斯面前相逢。梅勒斯把一切都告诉了朋友，赛里依忒乌斯默默点头，紧紧拥抱梅勒斯。朋友之间仅此足矣。赛里依忒乌斯被用绳子捆住，梅勒斯立刻出发。初夏之夜，满天星斗。

梅勒斯一夜没睡，急赶十里[1]长途，次日上午到达村子时日头已高，村民们开始下地干活，他十六岁的妹妹也代哥哥出来放羊。见到哥哥踉踉跄跄走来时疲劳困惫的样子，她不禁一

1 此处指“日里”，1日里约等于4公里。

惊，劈头盖脸地问了一串问题。

“没事。”梅勒斯竭力做出笑容，“我在市里还有事情要办，必须马上再去一趟，越快越好。咱们明天就办婚礼。”

妹妹脸红了。

“开心吧？漂亮衣裳也买来了。你马上去通知村里人：明天举行婚礼。”

梅勒斯说罢又踉踉跄跄地回到家里，装饰了众神的祭坛，安排了婚宴的席位，随即倒在地上，陷入深深的睡眠之中，几乎连气都不喘。

待他醒时已是夜晚。梅勒斯起来后就去新郎家，告诉他们因有其他事情，须在明天举行婚礼。身为牧人的新郎惊讶地答道：“这可不行。我这里什么准备都还没做，请等到收葡萄的季节到来之前再办。”梅勒斯坚持要求明天就办，不可延搁。牧人新郎也很倔强，怎么也不答应。两人讨论到天亮，梅勒斯软磨硬泡，总算说服了妹婿。

婚礼在正午进行，新郎新娘向众神宣誓结束时，黑云蔽空，雨从天降，一会儿便成倾盆之势。出席婚宴的村民们虽不免有种不祥之感，终又提起精神，在狭窄的房子里冒着溽暑，欢乐地击掌唱歌，梅勒斯也满面喜色，一时甚至忘却了与国王的约定。入夜后婚宴越发热闹，人们完全不再在意屋外的大雨，梅勒斯只想永远身在此情此景，与这些好人相伴终生，可是现在是身不由己，事不遂心。梅勒斯鞭策自己，决意出发。

离明天日落，时间还很充裕。他想稍睡一会儿再立刻出发，到那时雨大概也会小一些了。梅勒斯这样的男人也难免有惜别之情，总想在这个家里多磨蹭一会儿。他走近今夜已沉醉于欢喜之中的新娘说：

“恭喜你了。我太累了，想稍睡一会儿，别让人来打扰。我一醒就要去市里，有重要的事情得办。我即使不在家，你也已经有了体贴的丈夫，绝不会寂寞的。你哥最讨厌的事情是疑神疑鬼，还有就是言而无信。这是你都知道的，所以你们夫妻之间也不可有任何秘密。我要对你说的就是这些了。你哥算得上一个堂堂男子汉，你也应该以此为荣。”

新娘懵懵懂懂地点点头。梅勒斯又拍拍新郎的肩膀说：

“咱们两家都没有准备。我家能算得上宝物的唯有咱妹和羊，此外一无所有。我把这些都给了你，还有一样就是让你成了梅勒斯的弟弟，你可以此为豪。”

新郎羞涩地搓着两手。梅勒斯笑着与村里的人们都打了招呼后离开宴席，钻进羊圈，死一般地陷入沉睡。

睁眼已是翌日微明时分，梅勒斯一跃而起——天呀，睡过头了吗？不，不要紧，马上出发完全来得及在约定时间到达，今天一定要让那个国王看到人是有信用的，然后我再笑着登上磔刑台——梅勒斯从容不迫地准备行装，这时雨也好像小了一些。行装准备好了，梅勒斯用力甩动双臂，如离弦之箭一般奔走在雨中。

我今晚将要被杀。我是赶去赴死，为了救出代我受押的朋友。我是为了击败国王的奸诈阴险而奔跑，必须赶到，赶去赴死。年轻时就必须保护自己的名誉。再见了，我的家乡——年轻的梅勒斯心中痛苦，数度几欲止步，却又大声呵斥自己，继续奔跑。他出了村子，横穿田野，钻过森林，到达邻村时雨也停了，太阳高升，渐渐热了起来。梅勒斯用拳头擦去额头的汗水，心想，到了这里就没关系了，已经没了对故乡的留恋。妹妹、妹婿一定会成为一对好夫妻。我现在应该没什么要挂念的，只要不歇脚地径直走到王城就行，也没必要太急了。梅勒斯恢复了从容，打算消消停停地走一程，还用他的好嗓门唱起了自己喜欢的歌。他不慌不忙地走了两里、三里，全程将近一半时，突然止步不前，灾难从天而降。看呀，前方那河——昨天的豪雨使山上的水源地泛滥，浊流滔滔而下，集于下游，一举把桥冲毁，激流轰然作响，把桥梁击得四零八落。他茫然而立，环顾四周，竭力呼叫，可是岸边的渡船全被巨浪吞没，也不见摆渡人的踪影。洪水越涨越大，已成一片汪洋。梅勒斯蹲在岸边流下男人的泪，举手哀求宙斯：

“啊，请帮我止住这狂野的洪水吧！时光一点点地逝去，太阳也已指向正午时刻，我若不能在它下山前到达王城，我的那位好友将因我而死。”

浊流越发狂野，像在嗤笑梅勒斯的叫唤。一个浪头吞没一个浪头，翻卷跃动着，而时间却在一点点地逝去，梅勒斯此时已下定决心，除了游过去别无选择。啊，众神在上，此时该看看友爱与诚信的力量是如何击败浊流了！梅勒斯飞身跃进洪流，与百条巨蛇翻滚般的巨澜展开了拼死搏斗。他把全身力气集于双臂，毫不畏惧地划开涌卷而来的洪流，这如狮子般勇猛而奋不顾身的人子形象或许感动了神明，终于蒙神垂怜，他被激流冲近对岸，成功地抓住岸边的树干。谢天谢地。梅勒斯像马一样用力抖了抖身子，立刻又往前赶，一刻也不耽搁。太阳已经西斜，他气喘吁吁地登上山顶，正在松一口气时，面前突然跳出一群山贼冲他大吼：

“站住！”

“你们想干啥？我必须在太阳下山前赶到王城，快放我走。”

“不能放！先把所有的东西都留下再走。”

“除了这条命，我一无所有。就是这条命，我马上也得交给国王去。”

“那就留下这条命来。”

“这么说来，是国王命令你们在这里等我的了？”

山贼再无多言，一齐举起棍棒。梅勒斯敏捷地弯曲身子，飞鸟似的袭击靠近他的家伙，夺过棍棒，大叫一声：“为了正义，得罪了！”猛然一击，很快就放倒三人，趁其他人畏惧之际，飞快朝山下跑去。他一口气奔下山，不免筋疲力尽，再加午后灼热的阳光照射，梅勒斯几度眩晕。想到不能耽误，他重新回过神来，蹒跚两三步后终于两腿一软，再也站不起来。他懊丧地仰天大哭。啊，啊，梅勒斯呀，你渡过浊流，击倒三贼，飞毛腿般地跑到这里。梅勒斯呀，你是真正的勇者，现在却因筋疲力尽而在这里动弹不得，真是太可怜了！你爱的朋友只因信任你，就要遭杀身之祸。你是世上少有的背信者，正中国王下怀。梅勒斯想要狠狠痛骂自己，终因全身瘫软，半步也动弹不得，睡倒在路旁的草地上。他的精神也因身体的疲劳而一蹶不振，一种与勇者不符的听之任之、自暴自弃的根性啃噬着他内心一隅。我已如此尽力，毫无爽约之心。上天明鉴，我已尽了最大努力，跑到不能动弹的地步。我绝非失信之徒，啊，如果可以的话，我真想剖开我的胸膛，让你看看我血红的心脏，看看这全凭爱和诚信的血液搏动的心脏。可是我在这紧要关头却耗尽了精力，我真是一个不幸透了的男人。我必将遭人耻笑，我的一家都将遭到耻笑。我欺骗了朋友。半途而废等于从开始就什么都不做。啊，随它去吧，这也许是我的命中注定。赛里依忒乌斯呀，原谅我吧。你一直相信我，我也没有欺骗过你。我们是真正的好友，相互之间从未在心中起过疑惑的乌云。哪怕是现在，你也还在从容地等待着我吧？啊，你会等我的。谢谢，赛里依忒乌斯，谢谢你的信任。想到这些，我就痛苦难耐，因为朋友之间的诚信是这世上最可自豪的宝物。赛里依忒乌斯，我奔跑了。我从无半点欺骗你的念头，相信我吧！我是心急如焚赶到这里的。我战胜浊流，突破山贼包围，一鼓作气奔下山来。只有我能做到这样。啊，对我不要再有更多希望了，别管我了吧！随它去了，我已输了，输得一败涂地。嘲笑我吧，国王曾经对我耳语，让我迟点回来，承诺迟到也可恕我，但要杀了人质。我憎恨国王的卑劣，可是现在看来却是应了他的话。我要迟到了。国王将得意地对我笑笑，然后若无其事地放我回家，如果是那样，我将生不如死。我将是一个永远的背叛者，世上最丢人的人。赛里依忒乌斯呀，我也死吧，跟你一起去死。唯有你是一定相信我的。不，这也是我的一厢情愿吧？啊，倒不如就作为一个坏人活下去吧。村里有我的家，有我的羊，妹妹妹婿总不至于把我撵出村子吧。什么正义、诚信、爱，想想都没意思。你死我活，这不就是人间世界的法则吗？啊，所有一切都很无聊。我已是丑恶的背叛者，随便怎样都无所谓了——梅勒斯摊开四肢，迷迷糊糊地睡了过去。

忽然耳边传来潺潺的水声，梅勒斯抬起头来，屏息静气地侧耳倾听，他的脚边好像有水流动。他摇摇晃晃地起身一看，岩石缝中有清水涌出，带着窃窃私语般的细声。梅勒斯弯下腰去，两手掬起一捧泉水一饮而尽，然后出了一口长气，仿佛如梦初醒。还能走，走吧。随着肉体疲劳的恢复而生出一线希望，那是完成任务的希望，舍生取义的希望。斜阳在树林的叶子上投下红光，枝叶都如燃烧般熠熠生辉。距离日落仍有时间，有人还在等我，还在静静地等待，没有丝毫的怀疑。我被他信任，自己的性命已不是问题。我必须报答他的信赖，这是现在唯一要做的事。奔跑吧，梅勒斯！

我受人信赖，我受人信赖。先前那些恶魔的耳语都是梦，是噩梦，忘了它吧。那是在我五脏俱疲的时候偶尔出现的梦境。梅勒斯，那不是你的耻辱，你是真正的勇者。你不是重新起来出发了吗？感谢上天，我能作为堂堂男子汉赴死了。啊，太阳正在下沉，迅速地下沉，宙斯呀，等等我吧！我生来就是堂堂男子，请让我死也像个堂堂汉子吧！

梅勒斯推开路上行人，连蹦带跳，疾奔如同黑色旋风。原野上有人举办宴会，他径直穿过宴席正中，令赴宴者大吃一惊。他踢开犬只，飞跃小河，速度十倍快于缓缓下沉的太阳。在他与一群旅人擦肩而过的瞬间，不吉的话语传入他的耳畔：

"那个男人马上就要被处磔刑了。"

啊，这个男人！我现在就是为了这个男人而如此狂奔，不能让这个男人去死。快呀，梅勒斯，耽误不得！现在正是显示爱与诚之力的时候，不要再管什么外表形象了。梅勒斯现在几近全裸，呼吸困难，接二连三地口吐鲜血。看到了，远处希拉库斯市的塔楼已依稀可见，塔楼在阳光下熠熠生辉。

"啊，梅勒斯。"一个呻吟般的声音随风而来。

"谁呀？"梅勒斯边跑边问。

"我是费罗斯特拉茨，您的朋友赛里依忒乌斯的徒弟。"这个年轻的石匠也跟在梅勒斯身后边跑边叫，"已经不行了，已经没用了。您别跑了，已经救不出我师傅了。"

“不，太阳还没下山呢。”

“马上就是给他执行死刑的时候。啊，您来迟了。这得怪您，若能早一点点赶到就好了。”

“不，太阳还没下山！”梅勒斯撕心裂肺地盯着又大又红的夕阳，除了继续奔跑已别无选择。

“请您停下，别再跑了，现在您自己的性命要紧。我师傅是相信您的，被带到刑场的时候仍十分镇静，任国王如何嘲弄，还是一口咬定梅勒斯会回来的，一副信念不变的样子。”

“正因如此，我不能停下。我是为了他的信任而跑，能否赶上已无所谓，是死是活也不是问题，我是为了更加重要得多的目的而跑，跟着我吧，费罗斯特拉茨。”

“啊，您疯了吗？那您就跑吧，说不定真能赶上呢。您跑吧。”

自不待言，太阳还没下山。梅勒斯拼尽最后的力量狂奔，他的脑中空空，一无所思，完全是被一种不明的巨力拽着奔跑。太阳渐渐没入地平线，就在最后一片残光也将消逝之时，梅勒斯如疾风般冲进刑场。赶上了！

“慢着！不能杀他！梅勒斯回来了，按照约定回来了！”

梅勒斯本想朝着刑场上的人群大声叫喊，谁知嗓子已倒，仅能幽幽发出一点嘶哑的声音。人群中谁也没有注意到他的到来。磔刑柱已高高竖起，被绳绑缚的赛里依忒乌斯正被徐徐吊起。目击这番情景，梅勒斯如同先前在浊流中游泳一样，鼓起最后之勇拨开人群，声嘶力竭地大叫：

“是我，刑吏！该杀的是我。他是顶替我的人质，我在这里！”

他叫喊着登上磔台，咬住朋友正被吊起的双脚。人群发出一片吼声，七嘴八舌地叫喊着：“太棒了！”“放了他！”赛里依忒乌斯身上的绳子已被松开。

“赛里依忒乌斯……”梅勒斯的眼中浮着泪水，“揍我吧，用你所有的力气扇我耳光。我在途中做过一场噩梦。你若不打我，我甚至没脸拥抱你。打吧！”

赛里依忒乌斯点点头，似乎觉察了一切。他打了梅勒斯的右脸，声音响彻整个刑场，然后露出温和的微笑。

“梅勒斯，你也打我吧，用同样的响声扇我耳光。我在这三天里曾有一次对你闪现过一丝怀疑，那是我平生第一次怀疑你。你若不打我，我就不能与你拥抱。”

梅勒斯扇了赛里依忒乌斯耳光，手腕上的力量化成一记声响。

“谢谢，朋友。”两人异口同声地说，紧紧拥抱在一起，然后喜极而泣。

人群中传出唏嘘声。暴君迪奥尼斯在人群背后紧盯着两人的情景，然后不声不响地走近他俩，红着脸说：

“你俩都如愿了。你们战胜了我的心，诚信绝非空虚的妄想。怎么样，能让我加入你们吗？希望你们能听取我的愿望，让我成为你们的朋友。”

人群中一片欢声：

“万岁！国王万岁！”

一位少女向梅勒斯献上绯红的斗篷。梅勒斯不知所措。好友善解人意地告诉他：

“梅勒斯，你不是光着身子吗？最好赶紧披上这个斗篷，这位可爱的姑娘可不愿意让众人都看见梅勒斯的裸体呢。”

勇者的脸涨得通红。

（取材于古代传说和席勒的诗篇）

一九四〇（昭和十五）年五月作

古典风

——这样的小说也是我想读的。（作者）

A

美浓十郎是伯爵美浓英树的嗣子，二十八岁。

一天夜里，美浓烂醉而归。家里人声嘈杂，他没太在意，在走廊里走着，临近母亲的居室前时，屋里传出母亲的一声问话：“谁呀？”他明确答道“是我”，拉开居室的纸窗。屋里母亲一人独坐一处，与她对面的是五六个仆人，扎堆坐在房间一隅。

“什么事？”美浓站着问道。

母亲有点难以启齿地说：

“你知道我的裁纸刀吗？银的。不在了。”

美浓表情不悦地说：

“知道。是我拿的。”

他没拉上纸窗就又在走廊踱步，然后进了自己寝室。他醉得厉害，只脱下外衣，重重地把身子砸在床上，倒头便睡。

睁开眼想喝水时，天色已明，一位小个姑娘垂首立于枕畔。美浓默然。他宿醉未消，懒得开口。这个女孩面熟，一定是最近新雇的自家婢女，只是不记得名字了。

睡眼迷蒙地看着婢女的样子，他心慌意乱起来。

“你在做啥?”他甚至有种不洁的感觉。

姑娘突然抬头，脸色苍白，面部肌肉因异样的紧张而抽紧扭曲。她的长相不丑，却不知怎的让人觉得像个惨兮兮的活物。美浓有点愤怒了，没来由地呵斥道：

“蠢货!”

“我……”婢女再次低下头，声音颤抖地说，“我只知道十郎少爷是个要不得的人……”话至此，她瘫坐了下来。

“裁纸刀吗?”美浓笑了。

姑娘默默点了两三下头，然后从围裙下拿出一个银制裁纸刀给他瞅了一眼。

“偷裁纸刀?你这家伙居然干出这种荒唐事。不过，如果是因为觉得它好看，那也是没办法的事了。”

姑娘无声地恸哭起来。美浓心情愉快了些，觉得这个早晨不错。

“是我母亲不好，买来那些自己难得一读的洋书，只是把裁开书页当作享受，真是一种变态的爱好。”美浓躺着伸了个大大的懒腰。

“不。”姑娘抬起上半身，拢了拢头发，“太太是个了不起的人。我不喜欢听到她的亲人在背后说她的不是。”

美浓慢慢地起身，盘腿坐在床上，苦笑着问：

“你多大了？”

“十九岁。”她一口报出，低下了头，高兴的样子。

“回去吧。”美浓觉得自己打听婢女的年龄有点掉份。

姑娘以手支席侧身而坐，默不作声。

“我不会对任何人说。好了，能不能快点出去？”

姑娘最想要的是刀，那种发出寒光的飞刀，却又实在不好开口讨要。她把掌中那柄已被汗手握得湿漉漉的刀使劲扔到席子上，脱兔般奔出了房间。

B

尾上照具有含羞带笑的表情和柔软的四肢，却是个心性倔强的姑娘。她是浅草某条街上一家三弦琴商的长女，家里的生意曾做得挺大，但在照十三岁时，父亲因酗酒而手抖，没法再做活，雇了匠人也还是不顺，店濒临倒闭。照住进了千住的荞麦面店打工，在千住干了两年后去月岛的奶制品店，待了没多久又移居上野的米久做了三年。她每月不辍地从微薄的工钱里拿出两三日元寄给家里。十八岁时，她做了向岛妓馆的下女，本想从那里的常客，一个有点年岁的新派演员那里弄点钱，结果反遭对方敲诈，恼羞之下吞了樟脑丸寻死给对方看。她被妓馆解雇，回到离别五年的老家。三年前她找到了一个名叫勘藏的匠人。勘藏手艺精良，为人忠厚。她把店里的一切都委之于勘藏，总算让生意处于恢复状态，她也无须再出去拼力打工。她开始帮着料理家务，学习女红，其状可嘉。照有一弟，与照不似，寡言懦弱，在勘藏的调教下埋头在店里干活。照的老父母有心把照许配给勘藏，以后可一直照应弟弟。照和勘藏都隐隐知道双亲的计划，相互倒也没有反感。到了十九岁，照也接近出嫁的年龄，于是老母劝她是否去一个大户人家打工试试，为的就是学习一些行为举止的规矩。照一向对父母言听计从，自己也觉得强似每天这样在家混着，便一口答应。凭着一位有身份的客户家的长辈介绍，定下了打工的东家，就是美浓伯爵家。

美浓家是个冷清的家庭，照觉得自己进了寺庙。来打工的第二天早上，她在庭前翻开一册手帖，里面写满了莫名其妙的话。那是美浓十郎的手帖。

——既非此，亦非彼。

——一无所有。

——勿忘给FN五日元小费。蔷薇似以白色、浅红色为宜。周三。注意递交时的细节。

——关于尼禄的孤独。

——任何好人的友好寒暄都含有某种算计。思及此，悖然。

——有人愿意杀我吗？

——以后坚决用按揭买西装。

——不可当真。

——昨晚占卜，曰长寿、曰多子女。

——扶养终身。

——莫扎特。Mozart。

——欲为他人而死。

——试饮八杯咖啡。无事。

——文化之敌收音机。扩音器。

——购入自行车一辆。无甚用。

——亲交森田老板娘六百日元。借钱乃人生义务？

——“骆驼钻针眼”，实乃无稽之谈。

——隐没自己何其不易。

——公侯伯子男。公、侯、伯、子、男。

——澡堂甚好。

——美浓十郎。美浓十郎。美浓十郎。名片用初号活字？

——H，愚蠢。D，低能。高尔夫奖杯似痰盂。S，傻瓜。空有学历。U，半死。年纪轻轻当守财奴。O君不错。仅以男子气概而言。

——愿白昼消逝。

——漫游水户黄门诸国乃余之一生所愿。

——我害怕尊敬。

——没落万岁。

——不忘帕斯卡。

——艺妓的七成是精神病患者？（怪不得谈话投机）

——有人在看。

——我觉得都是好人。

——抽烟会死?

——对桌端坐，凝视十日元纸币。不可思议。

——血亲地狱。

——酒越便宜越有劲。

——对镜忍俊不禁。毕竟不是谈恋爱的脸。

——细究之下，只是野山芒草。

——想成为常人的努力。

——终归是语言，毕竟是语言，全都是语言。

——许愿赠KR女士耳环。

——人子唯有一脸。

——憎恶性欲。

——明日。

照读了觉得不可思议。她打扫庭除时百思不得其解。这所谓的“恶魔的经文”，给照可贵的待嫁之身投下了可怕阴影。

C

嘲笑我吧。我一夜夜地与花交谈，非议包括您在内的众人。花，即便是万朵樱花，也都是每朵各具令人惊叹的个性。我现在趴在床上舔着铅笔，绞尽脑汁一字字地往下写，苦得要命。我盯着枕畔的水仙花看，电灯下的三朵水仙花，一朵向右，一朵向左，还有一朵垂头向下。它们分别对我说话，向右的那朵花严肃，说："我知道，但必须活着。"向左的那朵花活泼，说："反正世界就是这么回事。"低头的那朵有点萎败，说："小姐，您还不如花呢。"我们这种人属于生来的古典命，即使沉默时也像壁龛上的摆设那样在述说历史。我们的这种宿命甚至被花儿笑看。壁龛上珍贵的石头饰物就像富士山，人们只是从远处投以赞叹，它本身不可供人果腹，也不可被人触摸，谁也不知这富士山般的摆设独自受着怎样的苦寒。这是滑稽的极致。文化的尽头似乎总是出现令人捧腹的无聊，我甚至觉得一切教养之路都通往无意义的捧腹大笑。我也许是这个世界上最不健康、最阴暗的女人，但唯其如此，我最了解那高尚、健康、真实、充满活力的早晨。

在被"为何必须活着"这个问题烦恼之际，我们无法看到晨光，我们所受的一切折磨都来自这个问题。有所谓"叹息一声，倒退百步"。我最近得出一个非常极端的结论——贵族都是利己主义者。这是不刊之论。不，您什么都别说。您还是仅在考虑自己的事情，只是要死要活地苦恼于自己的处境。您也许知道，我的枕边除了三朵水仙，还放着一张小镜台。我看着花又瞅着镜子，与我的美脸说话，夸赞她的美丽。我爱我的脸，不，应该说是为她哀惜。请坦白告诉我，您这一夜过得与我完全一样。我们的不幸，我们的烦恼，难道不都是从这里，从这镜中涌出的吗？我们为何不能为了别人，为了一位非常无聊的血亲而埋身泥土、粉身碎骨，为何不能那样去盲动呢？如果能那样，如果能凭着坚定的信仰做到那样……我尽在说一些矫情的话，您蔑视我吧，我反正就这样了。写到这里我脸红了。我爱您。

我咬着铅笔思虑良久，写下了“我爱您”，又想是否要抹去，最后转念认为还是留着这句话为好。啊，随您怎么去想吧，反正我是爱着您。语言这东西真的不行，“爱”这个字眼作为语言，显得是那么苍白、矫饰、不得要领。我恨语言。

爱，爱是不可捕捉的宇宙——不，是先验的——神性（Numen），无论何种美好的现象（Phenomena），都只不过是爱的一小部分注释而已。啊，我又说这些甜腻腻的话了，您就笑我吧。爱让人变得无能，我认输了。

教养、理智、审美之类把我们——把我——推到了懊恼的深渊。十郎少爷，您应该为这次这个全新的小爱人而庆幸。她某天早晨曾哭着哀求您说：“任您笑任您杀，我就求您这么一次，求您去找医生看看，因为我曾跟坏男人发生关系。”我为您有这样愚懦的爱人而祝贺您。请原谅，我知道这很无聊。您那天满怀喜悦地把这种愚直说成“大地的爱情”，乃至我觉得您当时的样子无耻又可笑。我也二十五岁了，岁月如梭般从我身边逝去，我就这样渐渐混同于那些被称为“平民”的群众，但还是要让自己这个老人家过得像焰火那样享有一种瞬息即逝的华丽。再见了，别了——不，还是握手吧。您一定会回到我的身边——我可以这样自恋一下吗？

祝康健。

KR。

D

下雨的日子，美浓一边在书房写作，一边装模作样地皱着眉头。

一位也是他玩伴的诗人突然把头伸进门内：

“喂，咱们去干点坏事吧，我又想尝一点点后悔的滋味了。”

美浓头也不回地说：

“今天不行。”

“哎呀，哎呀。”诗人进了房间，“你不会当真想死了吧？”

“读给你听好吗？”美浓面对桌子，大声读起自己的作品，“阿格里皮娜是罗马王卡利古拉的妹妹，身材小巧、头发漆黑、面如麦色、鼻梁瘦削，一对凤眼如山间湖沼般清寒澄澈，平常爱穿纯白的裙子。

“扎堆于宫廷的纨绔子弟间私下传说阿格里皮娜没有乳房。她不算美女，但聪慧而高傲，堪比五月绿叶，虽无鲜花之艳，那清纯的楚楚姿态反倒能让当时的一些风流才子感到一种魅力，几令他们入魔。

“阿格里皮娜幸福得自己已经意识不到幸福。其兄作为一位无瑕贤王，对于自己作为君主的孤高宿命，明智地具有一种舍生忘死的凄烈觉悟，而对唯一的妹妹阿格里皮娜，则默默地庇护不怠，好让她得以真正享有为人之自由。

“阿格里皮娜对男性的轻侮变得极其自然，手法也是前所未有，当时那批谀臣就将此作为她是不世才女的佐证而不吝赞颂。

“阿格里皮娜的不幸与其身体的成熟同时开始。她对男性的嘲笑因她的结婚而遭到体无完肤的回报。婚宴之夜，新郎滥饮之余随性而至，唆弄自己豢养的几只老猴戏弄阿格里皮娜，讨得赴宴的那些好色醉客狂喜不已。新郎名叫布拉赞巴特，本来属于那种只知道战战兢兢度日的人。阿格里皮娜咬着嘴唇忍受着凌辱，心中暗暗对神发誓：有朝一日要让眼前所有男人都为今夜的无礼后悔。可是，这雪辱的日子一直没有来到，而布拉赞巴特的暴虐却无穷无尽，他以导致牙龈出血的殴打代替悦人的爱抚，用战车在蒙蒙沙尘中的疾驰取代水边宁静的散步。

“相克的结合开出了含羞之花，阿格里皮娜怀孕了。布拉赞巴特得知此事后大笑，别无他意，开心而已。

“阿格里皮娜几乎断了复仇的念头，嫩草般的一丝希望全都寄托于这个孩子。孩子诞生于夏天的正午，是个男孩，一个嫩肤红唇、弱不禁风的男孩，取名多米迪乌斯（尼禄的幼名）。

“父亲布拉赞巴特初见婴儿，一把拧起那柔嫩的脸蛋：‘嗯，长相奇特，希坡有个好玩具了。’说罢大笑，笑得肚皮直颤。希坡是布拉赞巴特宠爱的一头母狮。阿格里皮娜产后憔悴的脸上浮出冷冷的微笑，答道：‘这孩子不是你的孩子，定是希坡的孩子。’

“希坡之子尼禄三岁的那个春天，布拉赞巴特吃石榴时吞下了石榴籽，被一阵剧烈的腹痛袭击，呻吟辗转后死亡。当时阿格里皮娜正在晨浴，接到确实的死讯后一言不发，从浴池中一跃而起，用一条白布遮住湿淋淋的裸体，径直经过夫婿咽气的那个房间而不入，风一般奔至尼禄的房间，紧紧抱住三岁的尼禄，呻吟般地喃喃道：‘有救了，多米迪乌斯，咱们有救了。’她的泪水和吻乱抛在尼禄花一般的小脸上。

“这个喜悦转瞬即逝。她的亲哥哥卡利古拉王发狂了，昨日和善的国王一朝之间突然担起了罗马史上屈指可数之暴君的荣誉，那曾经睿智闪烁的眉间，刀刻般地深嵌着一道道冷酷的竖纹，细小的双眼燃烧着狐疑的蓝焰，侍女们发出轻如微风的失笑声，或将士们在走廊里脚步声太响，都会被无情地处以酷苛的刑罚。阴郁和冷酷将他变为一只不吠而啮的病犬。一天夜里，三名士兵悄然立于阿格里皮娜的床头，其中一人拿着死刑宣告书，一人拿着镶嵌宝石的毒液杯，还有一人从鞘中拔出短剑。

“‘你们干什么？’阿格里皮娜不失威严地挺身而起，质问道。她没听到应答，一份宣告书被递交手中。

“她扫了一眼，说：‘以如此理由获告死罪，真是岂有此理。滚出去，你们这些下贱者。’

“仍无应答。

“‘你自己应该知道理由。’卡利古拉王的身影出现在门口，‘今天早晨你抱着多米迪乌斯在庭院散步时口吐怨言：“多米迪乌斯呀，咱们为何如此不幸？”我听见这话了，你不用隐瞒，这已充分证明你有谋叛的嫌疑。你和多米迪乌斯去死吧。’

“‘你不能杀多米迪乌斯！’阿格里皮娜拼死抗议，严正的声音如同来自天籁，响彻四周，‘多米迪乌斯不属于你，也不属于我。多米迪乌斯是神的孩子，多米迪乌斯是美之子，多米迪乌斯是罗马之子。不可以杀害多米迪乌斯！’

“疑惧的卡利古拉窃笑道：‘好，好。那就罪减一等，去远岛吧。你要好好看待多米迪乌斯。’

“阿格里皮娜与尼禄乘军舰流放到南海的一个孤岛。

“单调的生活日复一日。尼禄被岛上的牛奶养得腰肥膀圆，成长为一个彪悍的美少年。阿格里皮娜牵着尼禄的手逍遥于孤岛的岸边，指着遥远的水平线：‘多米迪乌斯呀，罗马一定就在那边，真想快点回到罗马。罗马是这个世界上最美的城市……’她哽咽着教诲，多米迪乌斯却在漫不经心地与浪花嬉戏。

“就在这时，罗马骚动了，惶惶中的卡利古拉被臣下所弑。他生前无儿无女、孤身一人，群臣万民激动万分地私议着谁将继位。继任者终于定了，他就是卡利古拉的叔父克劳狄斯。克劳狄斯当时已经五十多岁，对于宫廷中各派势力来说，他是作为一个老少咸宜的中庸人物被选定的。他最符合老好人的条件，作为罗马首屈一指的贝壳搜集家而为人所知，在黑蔷薇的栽培方面也独有心得。登上王位后，他总觉心中不踏实，便不顾一切地实行了特赦大赦。想到阿格里皮娜和尼禄的遭遇，他尤有物伤其类之感，涨红着脸喃喃道了一声‘可怜’，签下了两人的赦免书。

“手拿赦免书，孤岛上的阿格里皮娜欣喜若狂，如同凯旋的女王那样豪气万千，叫道：‘多米迪乌斯呀，你的世道来到了！’她抱着尼禄赤脚奔出屋外，踏着舞步转遍了寸草不生的荒矶，然后站下久久啜泣。

“阿格里皮娜回到罗马，放松地伸展手脚，觉得已经无人可畏。突然，她觉得背后有一道不友好的视线。那是克劳狄斯的王后梅萨莱娜，她一见到阿格里皮娜的瞳仁便有了不祥之感。她从中看到了熊熊的野心之火。梅萨莱娜的世子名叫布利塔尼卡斯，沉稳似其父。若把尼禄的美貌比作盛夏的向日葵，布利塔尼卡斯则似秋天的大波斯菊。尼禄十一岁，布利塔尼卡斯九岁。

“怪事发生了。尼禄午睡时，一只不知是谁的软手用两张被水浸湿过的蔷薇叶盖住了尼禄的鼻孔和嘴，企图闷死他。阿格里皮娜气得面色苍白……”

“且慢，且慢！”诗人尖叫，“人的忍耐是有限的。你这到底是啥呀？”

“尼禄传记。暴君尼禄。那家伙也并非那么坏呀。”美浓不禁脸色苍白，随即又意识到自己的激动，强作笑脸，“下面开始有意思了。阿格里皮娜如此用心地培养尼禄，用尽毒计，想把尼禄推上王位。结果她成了克劳狄斯的王后并毒杀了克劳狄斯，然后做了更多更多的坏事，尼禄因此而登位。然后……”

“尼禄也做了坏事。”诗人平静下来，说。

“不。阿格里皮娜干涉尼禄的恋爱……”

“嗯，果然如此。”诗人吸了口烟，“尼禄因此而杀了母亲。‘妈妈，请原谅，我不是你的附属品。’母亲在窒息之际喃喃道：‘你恨妈妈吗？’”

美浓的表情兴致阑珊：“大致就是这样吧。”他从椅子上站起来在屋里踱步，“人们在走投无路之际一定会开始血肉相残的。”

“算了吧。太老套了。如今已是大时代。”诗人爱惜美浓这点文才，也同情美浓现在独自埋头写此类故事的境遇，但对美浓这次不讲章法的新式恋爱却想表现得不屑一顾，“不纯粹就是个电影故事吗。”

“喝吗？”美浓去拿桌子上的威士忌瓶。

“恭敬不如从命。”诗人也站了起来。

这样就好。

“敬罗马人。”两人异口同声，“乓”地碰杯，“为灭亡的阶级，干杯。”

E

即使是人类的心
为了获得信任
也非得登上十字架
不可吗

（伊凡·戈尔）

F

照被解雇了，并非因为她与美浓的关系败露。他俩都很善于掩人耳目。她被解雇是因为做事马虎，说话粗鲁，乱用敬语。

美浓只作不知。

三天后，夜里九点左右，美浓十郎信步来到照家开的店门口。

“照在吗？我是美浓。”

出来的是一位目光敏锐、身材瘦削的青年。他是勘藏。

“啊。”勘藏神情严肃起来，朝门里叫道，“阿照！”

“对不起。”美浓说着离开店门口，踉踉跄跄地折回小巷。路上行人来来往往。

照气喘吁吁地追了上来，然后绕着美浓的左右转圈：

“欸？你怎么来了？我手脚不干净。我是被赶出来的。我家这么脏，让你吃惊了吧？可是求你了，别瞧不起咱，咱家里的人都很善良，都很努力。你在笑？为什么不说话？”

“你已经有丈夫了？”

“哎呀，我这副样子真难看。”照低头嘀咕，语气突然变得苍老，“这段日子也没好好梳过头。”

“你能和他分手吗？我什么都能做，什么样的苦都能吃。”

照不回答。

“好吧，好吧。”美浓逃也似的加快脚步，“好吧，没关系的。咱俩只要相约别死就行。话虽如此，我倒是比你危险。”

两人目不斜视地只顾往前走，走啊，走啊，走了千里之远。

G

美浓十郎与实业家三村圭造的次女阿久结婚了，在帝国饭店举行了华丽的婚宴。婚礼上新郎、新娘的照片在两三家报纸刊出，十八岁的新娘如月见草般令人怜爱。

H

大家都过得很幸福。

一九四〇（昭和十五）年六月作

译后记

2015年离开供职三十多年的译林出版社正式开始退休生活后，同事劝我译点东西，乃至直接建议我在日本近现代名著中选一选值得重译的作品。我对重译名著所持心理首先便是视为畏途，觉得已有诸多译本在先，其中不乏名家名译，高山在前，我当仰止，何必非要翻越过去，何况自己又没有这种脚力。如今时常可见网络平台上对于各种译本的比较性评点，其中不乏见地也不乏辛辣，我的畏途心理当中，担心自己的译本露怯是主要成分。我对重译名著还有一种抗拒心理，这主要源于我是一个偏爱尝新的人，自己并无耐性对一部作品反复重读，也想当然地觉得多数读者，尤其是已读过一个译本的读者当无兴趣再买再读同一部作品的其他译本。我在译书时很少像有些译者那样先把原作通读几遍，了然在心后再动手翻译，我顶多先读上一两个章节，大致了解作者、作品的语言风格，以便确定自己本书译文大致的语言表现形式，然后就动手开译，总觉得书中第一次入眼入脑的新鲜内容才足以刺激自己的翻译欲望，若是已知的作品内容，尤其是已读过别人的译本，只怕这种欲望便难再生，若再重译就味同嚼蜡，无非是在重复别人已经完成的事，尤其害怕会给读者拾人牙慧之感，觉得是讨了前人的便宜。

虽没把这种种心理向同事一一解释，但不愿重译名著的意思还是被了解了，于是同事在译林社购得中文版权的一套藤泽周平作品中挑出一本《小说周边》来约我翻译。这是这套剑侠小说中唯一的散文作品集，好像也是唯一没在海内外有过中文译本的作品。我读了几篇后，觉得其内容的恬淡、文字的清新都合我意，于是欣然从命并完成了退休后的第一部译作。然后我便迎来近四年伺服于老父亲病榻的生活，无暇他顾，直到2019年老父以逾百的高龄谢世后，同事策划了一套太宰治精选集并给我看了具体篇目，希望我能承译一部分，于是我好像又碰到了重译名著的问题。

太宰治这些年在中国大热，且已进入公版领域，仅《人间失格》就有几十个中文译本，译林社也有一个译本，且反响不错，此套文集的计划，似乎也是受此鼓舞吧。同事告诉我，此套文集按作品的创作时间分为四册，除《人间失格》为中长篇外，其余基本上都是短篇作品。同事告诉我，计划中的三册译本中，早期的一本已约译林版《人间失格》译者王述坤老师承译，建议我翻译内容相对明快一些的中期作品集。我看了一下篇目，除了《奔跑吧，梅勒斯》一篇外，其他篇目我以前好像都没读过，这一方面让我反省自己读书不够，一方面倒也减轻了自己对此项译事的抵触，因为至少新鲜感还在。2019年秋我陪太太去澳、新旅游二十余日，便把这本中期作品集的日文原文带在身边，旅途中自然无法翻译，于是我便破了旧习，决定先通读一遍再说。

这遍阅读基本上是在长途大巴或飞机航班上进行的，幸运的是，我被带进了作品之中。这种“带进”，不是进入作品的情节故事，而是其中浓烈的情绪。太宰治这个阶段的作品确实被普遍认为是他整个创作生涯中比较明快的一个部分，但那毕竟只是对于他自身的比较，纵贯其一生的“丧”感在这个阶段也是不会逸离的，只是其中不乏作者对于新生的追求。这种“丧”感与作者的挣扎和追求的冲突，便构成了作品强烈的情绪张力，令人产生阅读冲动，也令我产生移译的欲望。

剩下的便是“重译”的问题。我查了一下，此集中的篇目确实也多已有中文译本，散见于海峡两岸的各个版本，但数量远不可与《人间失格》《斜阳》相比。我因已有移译的欲望，便说服自己不去考虑“重译”的种种问题，决心自己闭门造车先干起来。我译出两篇初稿后，试着与能找到的其他译本比较了一下，发现阅读体验其实是不一样的。仔细推敲了一下原因，觉得首先是因为原作语言文字的丰富性为移译转换提供了相当的想象和再塑的空间，另一个重要原因大概是作品中那种浓烈的情绪感在不同性格的译者笔下必然会有不同程度，乃至不同方式的释放和表达。有了这种认识，我便比较放心地不以其他译本为意了。

这本中期作品集选收了太宰治1938年到1945年间初次发表的作品，我归纳了一下，十四篇作品中，《新树的话》《富岳百景》《东京八景》《黄金风景》《兄长》等五篇都带有自传性质，《皮肤与心》《女生徒》《等待》《蛐蛐》《千代女》《羞耻》《雪夜的故事》等七篇都以女性自述形式写作，唯有《古典风》和《奔跑吧，梅勒斯》不属于这两类。归类如此明了，大概是早期和后期两本所未见。

以自传体性质的五篇而言，虽然此时作者的心境普遍被研究界认为是其一生中相对比较明快的一个阶段，但因作品内容溯及更早时期，所以颓废、晦暗与挣扎、求进的情绪在作品中常常互见，形成强烈的张力，也构成了作品不以故事情节而体现的矛盾冲突。《新树的话》中，面对幸吉兄妹的乐观、自强、进取的精神面貌，作者发出感慨："这十年来我曾被感伤烧得体无完肤，现在我为自己这种骨子里的愚昧感到痛切的羞耻，为自己此前那种丧失睿智的盲目激情甚至感到丑恶。"他自省的"感伤""体无完肤""愚昧""羞耻""丧失睿智""盲目激情""丑恶"等等，都可在此书中其他自述体的篇目中找到根由和具体反映，作者并非从未在生活中遇到过积极和美好的人与事，包括真挚、可贵的友情和亲情，例如《新树的话》中的幸吉兄妹和他们的母亲，《黄金风景》中的阿庆夫妇，《富岳百景》中的茶店老板娘母女,《东京八景》中的T君小两口，还有在多篇作品中都提到的几位兄长……所有这些无不使性格敏感的作者深受感染、感动乃至鼓舞，促使他反思、内疚、自责，或许也能在短暂间激起他洗心革面、重寻人生之路的欲望，但他的性格悲剧终究使他未能完成这个自我净化的过程，在完成了《斜阳》《人间失格》这样的传世杰作之后，他依旧走上了自我毁灭之路。

相对于几篇自传体作品，本书中几篇女性自述体作品的基调显得更加积极一些。太宰治是一位特别了解女性的作家，很少有男性作家能像他这样以女性自述的形式把女性的心理活动细腻入微地剖析和展示，其中涉及的人物类型既有初中小女生(《女生徒》)，也有已为人妇的普通市民(《皮肤与心》)和中产阶级太太(《蛐蛐》)，还有待嫁的女青年(《等待》)。综其一生情史，太宰治可算是一位情种，对女性充满依赖，生活中不能离开女性,乃至三次带着女人一起上演“心中”(日语汉字词,“殉情”之意)大戏(《东京八景》中有相关情节)，并令其中两位做了牺牲品。也许正因如此，加上他的一种负疚感，他笔下的女性多数具有一种相对较高的精神地位，例如《女生徒》中主人公的叛逆、独立精神,《蛐蛐》中画家太太的厌弃虚荣，不愿依赖家庭和丈夫的女性主义倾向,《等待》中自述者的愤世嫉俗和对新生活的渴望，无不给人一种有别于作者本人的积极形象，那种丝丝入扣、层层递进的心理活动的展现，给我的阅读和移译体验似也好过书中有的自传体篇目。

《奔跑吧，梅勒斯》在本书中乃至在太宰治的整个创作生涯中似乎都是一个异类，那种高尚的道德追求，昂扬的拼搏精神，激越奔突的语言节奏，都一扫“无赖派”的低迷和颓丧，难怪会被选入日本国语教材。关于此文的别具一格，其原因有种种解释，一说是因为作者当时新婚燕尔，生活稳定，精神处于比较积极的状态；一说是因为战时严苛的文化管制，作者不得不强作振奋状。可是我想是否还可能是作者对于自己一生中的种种背信行为——例如书中多次提及的他对家乡亲人的欺骗和失信，还有众人皆知的因他失信而致好友檀一雄被人扣押十余日的故事——所做的一点反思和补偿？我更希望是这样。

在全书的翻译过程中，我努力移情于作者及作品人物的情绪状态,采用相应的语言风格和表达形式,例如《新树的话》《奔跑吧，梅勒斯》《古典风》之间的语感就有明显区别，作者身份的自述与女性身份的自述也有不同。好在大多数的篇目都以第一人称自述，因此在同一篇中语感的一致性就有了依据，给翻译带来了方便。

这是我第一次涉足“重译”，唯愿能给读过其他译本的读者提供些许不同的阅读体验。

竺祖慈